极端之美

极端之美

余秋雨

长江出版传媒
长江文艺出版社

余秋雨

一九四六年八月生，浙江人。早在"文革"灾难时期，针对当时以戏剧为起点的文化极端主义专制，勇敢地建立了《世界戏剧学》的宏大构架。灾难方过，及时出版，至今三十余年仍是这一领域唯一的权威教材，获"全国优秀教材一等奖"。同时，又以文化人类学的高度完成了全新的《中国戏剧史》，以接受美学的高度完成了国内首部《观众心理学》，并创建了自成体系的《艺术创造学》，皆获海内外学术界的高度评价。

二十世纪八十年代中期，被推举为当时中国内地最年轻的高校校长，并出任上海市中文专业教授评审组组长，兼艺术专业教授评审组组长。曾获"国家级突出贡献专家"、"上海十大高教精英"、"中国最值得尊敬的文化人物"等荣誉称号。

二十多年前毅然辞去一切行政职务和高位任命，孤身一人寻访中华文明被埋没的重要遗址。所写作品，既大力推动了文物保护，又开创了"文化大散文"的一代文体，模仿者众多。

二十世纪末，冒着生命危险贴地穿越数万公里考察了巴比伦文明、埃及文明、克里特文明、希伯来文明、阿拉伯文明、印度文明、波斯文明等一系列最重要的文化遗迹。作为迄今全球唯一完成全部现场抵达的人文学者，一路上对当代世界文明作出了全新思考和紧迫提醒，在海内外引起广泛关注。

他所写的书籍，长期位居全球华文书排行榜前列。仅在台湾一地，就囊括了白金作家奖、桂冠文学家奖、读书人最佳书奖、金石堂最有影响力书奖等一系列重大奖项。

近十年来，他凭借着考察和研究的宏大资源，投入对中国文脉、中国美学、中国人格的系统著述。联合国教科文组织、北京大学、《中华英才》杂志等机构一再为他颁奖，表彰他"把深入研究、亲临考察、有效传播三方面合于一体"，是"文采、学问、哲思、演讲皆臻高位的当代巨匠"。

自二〇〇二年起，赴美国哈佛大学、耶鲁大学、哥伦比亚大学、纽约大学、华盛顿国会图书馆、联合国中国书会讲授"中华宏观文化史"、"世界坐标下的中国文化"等课题，每次都掀起极大反响。二〇〇八年，上海市教育委员会颁授成立"余秋雨大师工作室"。现任中国艺术研究院"秋雨书院"院长、香港凤凰卫视首席文化顾问、澳门科技大学人文艺术学院院长。（陈羽）

目 录

自 序

书法、昆曲、普洱茶

一

本书名为《极端之美》，还有一个副题，叫"举世独有的三项文化"。对此我要作一些解释。

在商业广告上，"极品"的说法到处可见，但在文化领域就不一样了。文化极品，必须具有五个特性：

一，独有性；

二，顶级性；

三，具体性；

四，共知性；

五，长续性。

概括起来说，所谓"文化极品"，就是其他文化不可取代而又达到了最优秀等级，一直被公认共享的那些具体作品。

精采的学说，算不算？不算。因为那不具体，不成"品"；

国际的赞誉，算不算？不算。因为那未必独有；

本土的特产，算不算？不算。因为那未必优秀；

高雅的秘藏，算不算？不算。因为那未必公认和共享；

……

——经过这么多的筛选，能够全然通过的中国文化极品就很少了。在我眼前只剩下了三项：书法、昆曲、普洱茶。

当然还可能有别项，我一时没想出来。

这三项，既不怪异，也不生僻，但是却无法让一个远方的外国人全然把握。如果他能把握，那我就会上前搂住他，把他看成是文化上的"手足同胞"。

任何文化都会有大量外在的宣言、标牌，但在隐秘处，却暗藏着几个"命穴"，几处"胎记"。

这三项，就是中国文化所暗藏的"命穴"和"胎记"。由于地理原因，它们也曾晕化、渗透到临近地区，因而也可以把中国极品称之为东方极品。

二

只要上了年纪就会明白，最有生命力的文化，一定是那些可以被感官确认的具体作品。甚至，也可以说是"产品"。

这种沉淀着生命的文化，是精神价值的实现方式。

与这种实现方式相比，种种以"文化"的名义出现的抽象讲解、艰深论述，只是一种附属性、过渡性、追随性的存在，似高实低，并不重要。

对于文化的事，不管看上了哪一项，哪一品，都应该尽快地直接进入。千万不要在概念和学理上苦苦地绕了几年，累累地兜了几年，高高地飘了几年，还在外面。

就拿我所说的这三项来说吧：要写字，就磨墨；要听戏，就买票；要喝茶，就煮水。写了，听了，喝了，才能慢慢品味，细细比较，四处请教，终于，懂了。

"懂"，简简单单一个字，却是万难抵达。在文化上，懂与非懂，是天地之别，生死之界。

这一懂非同小可。自己的懂，很容易连接别人的懂。今人的懂，很容易连接古人的懂。当上下左右全都连成一气，抬头一看，文化真神笑了。

三

我把书法、昆曲、普洱茶选为"文化极品"的三元组合，估计会有读者对第三项普洱茶投以疑惑。它，也能成为三元之一？

其实，我把普洱茶列入，是一个提醒性的学术行为，借以申述一个重大趋势：从当前到未来，文化的重心正从"文本文化"转向"生态文化"。普洱茶，只是体现这种趋势的一个代表。

从宏观看，在这三元组合中，书法是纯粹的"文本文化"，昆曲是"文本文化"兼"生态文化"，而普洱茶则是纯粹的"生态文化"。前两种主要代表过往，普洱茶主要代表未来。

我看重文化的感官确认，所以本书配了不少图片。写书法的那一篇，也曾收入另书，但在这里可以直接面对一个个具体的书法作品，整体就活了。

对这三项极品的阐述，书法和昆曲两篇在海内外演讲时曾获得很高的学术评价。但在社会各层面影响最大的，倒是普洱茶那一篇。它曾在一个杂志上发表过，没想到惊动了整个普洱茶行业。从生产者、营销者，到喝茶者、研究者，都在读。我在文中所排列的普洱茶级别序列，也引起了广泛重视。据我所知，现今全国的茶庄、茶客在品鉴和流通那些顶级普洱茶时，大多会翻阅这篇不短的文章。由这篇文章印成的小册子，已在阵阵茶香中发行了几十万本。可见，在今天，生态文化的地位确实已经提高。

为此，我故意把三篇文章的次序做了一个颠倒。先奉上一杯好茶，再听一些曲子，最后以笔墨收尾。

这也给了我一种信心，因此，敢于在本书前面作两个承诺——

第一，固守这三项极品的专业尊严，不发任何空泛的外行之论；

第二，因为已经懂得，所以随情直言，不作貌似艰涩的缠绕和掩饰。

特别需要说明的是，在美学上，"极品"呈现的是"极端之美"。这种美已经精致到了"钻牛角尖"的地步，再往前走，就过分了。因此，"极端之美"有一种临界态势，就像悬崖顶处的奇松孤鹤。我把这种美在这本书里集中呈现，也算是独特的美学示范。

在《君子之道》一书中，我论述了中国儒家的中庸之道对于极端化的防范，但那主要是指人格结构和思维定势。艺术文化，正是对这种结构定势的突破和补充，因此并不排斥极端性。只不过，中国的传统思想毕竟对艺术文化保持着潜在的掌控，这就使极端之美尤显珍罕。

在世间大量论述中国文化和东方美学的著作中，本书以小涵大，三足撑鼎，作了一个大胆尝试。感谢读者参与这个尝试，我期待着你们的指正。

作者于癸巳年初春

品鉴普洱茶

一

一个人总有多重身份。往往，隐秘的身份比外显的身份更有趣。

说远一点，那个叫做嵇康的铁匠，还能写一手不错的文章；那个叫黄公望的卜者，还能画几笔淡雅的水墨。说近一点，一个普通的中学教师其实是一流厨师，一个天天上街买菜的邻居大妈居然是投资高手。

辛卯年秋日的一天，深圳举办"新生代普洱茶"品鉴会，近二十年来海内外各家著名茶场、茶厂、茶庄、茶商提供的入围产品，经过多次筛选，今天要接受一批来自亚洲不同地区的品鉴专家的终极评判。

一排排茶艺师已经端坐在铁壶、电炉、瓷杯后面，准备一展冲泡手艺。一本本精致的品鉴书，也已安置在品鉴专家们的空位之前。品鉴书上项目不少，从汤色、纯度、厚度、口感、余津、香型、气蕴、力度等等方面都需要一一打分。

众多媒体记者举起了镜头，只等待着那些品鉴专家在主持人读出名字后，一个个依次登场。

品鉴专家不多，他们的名字，记者们未必熟悉，但普洱茶的老茶客们一听都知道。突然，记者们听到一个十分疑惑的名字，头衔很肯定："普洱老茶品鉴专家"，却奇怪地与我同名同姓。

仔细一看，站出来的人竟然也长得与我一模一样。

不好意思，这是我的一个秘密身份的无奈"漏风"。

本来，我是想一直秘而不宣偷着乐的，没想到这次来了这么多"界外记者"。这次和我一起"漏风"的，还有我的妻子马兰，她在文件上标出的头衔也是"普洱老茶品鉴专家"。但她觉得我们两人既然一起"漏风"就不必一起亮相了，便躲在茶桌、茶客的丛林中低头暗笑。其实，几乎所有的高层专家都知道，她在普洱茶的品鉴上，座次还应该排在我的前面。

人们一旦沉浸于自己的某一身份，常常会忘了其他身份。如果不忘，哪一个身份的事都做不好。每当我进入普洱茶江湖，全然忘了自己是一个能写文章的人。当然也会看一些与普洱茶有关的文章，那也只是看看罢了，从来没有以文章的标准去要求。这次在深圳"漏风"之后，就有很多朋友希望我以自己的文笔来写写普洱茶。

这就要我把两个身份交叠了，自己也感到有点不知所措。

想了半天后我说，本人对文章的要求极高，动笔是一件隆重的事。当然，隆重并不是艰深。文章之道恰如哲学之道，至低很可能就是至高，终点必定潜伏于起点。如果谈普洱茶谈得半文半白、故弄玄虚、云遮雾罩，那就坏了，禅宗大师就会朗声劝阻，说出那句只有三个字的经典老话："吃茶去。"这就是让半途迷失的人回到起点。因此，如果由我来写一篇谈普洱茶的文章，一定从零开始，而且全是大白话。

二

很多人初喝普洱茶，总有一点障碍。

障碍来自对比。最强大的对比者，是绿茶。

一杯上好的绿茶，能把漫山遍野的浩荡清香，递送到唇齿之间。茶叶仍然保持着绿色，挺拔舒展地在开水中浮沉悠游，看着就已经满眼舒服。凑嘴喝上一口，有一点草本的微涩，更多的却是一种只属于今年春天的芬芳，新鲜得可以让你听到山岙白云间燕雀的鸣叫。

我的家乡出产上品的龙井，马兰的家乡出产更好的猴魁，因此我们深知绿茶的魔力。后来喝到乌龙茶里的"铁观音"和岩茶"大红袍"，就觉得绿茶虽好，却显得过于轻盈，刚咂出味来便淡然远去，很快连影儿也找不到了。

乌龙茶就深厚得多，虽然没有绿茶的鲜活清芬，却把香气藏在里边，让喝的人年岁陡长。相比之下，"铁观音"浓郁清奇，"大红袍"饱满沉着，我们更喜欢后者。与它们生长得不远的红茶"金骏眉"，也展现出一种很高的格调，平日喝得不少。

正这么品评着呢，猛然遇到了普洱茶。一看样子就不对，一团黑乎乎的"粗枝大叶"，横七竖八地压成了一个饼型，放到鼻子底下闻一闻，也没有明显的清香。抠下来一撮泡在开水里，有浅棕色漾出，喝一口，却有一种陈旧的味道。

普洱茶和别的茶很不相同，看上去是一团黑乎乎的粗枝大叶，
但一旦喝了，再也放不下。

人们对食物，已经习惯于挑选新鲜，因此对陈旧的味道往往会产生一种本能的防范。更何况，市面上确实有一些制作低劣、存放不良的普洱茶带着近似"霉锅盖"的气息，让试图深入的茶客扭身而走。

但是，扭身而走的茶客又停步犹豫了，因为他们知道，世间有不少热爱普洱茶的人，生活品质很高。难道，他们都在盲目地热爱"霉锅盖"？而且，这些人各有自己的专业成就，不存在"炒作"和"忽悠"普洱茶的动机。于是，扭身而走的茶客开始怀疑自己，重新回头，试着找一些懂行的人，跟着喝一些正经的普洱茶。

这一回头，性命交关。如果他们还具备着拓展自身饮食习惯的生理弹性，如果他们还保留着发现至高口舌感觉的生命惊喜，那么，事态就会变得比较严重。这些一度犹豫的茶客很快就喝上了，再也放不下。

这是怎么回事？

首先，是功效。

几乎所有的茶客都有这样的经验：几杯上等的普洱茶入口，口感还说不明白呢，后背脊已经微微出汗了。随即腹中蠕动，胸间通畅，舌下生津。我在上文曾以"轻盈"二字来形容绿茶，而对普洱茶而言，则以自己不轻盈的外貌，换得了茶客身体的"轻盈"。

这可了不得。想当年，清代帝王们跨下马背过起宫廷生活，最大的负担便是越来越肥硕的身体。因此，当他们不经意地一喝普洱茶，便欣喜莫名。

雍正时期，普洱茶已经有不少数量进贡朝廷。乾隆皇帝喝了这种让自己轻松的棕色茎叶，就到《茶经》中查找，没查明白，便嘲笑陆羽也"拙"了。据说他为此还写了诗："点成一碗金茎露，品泉陆羽应惭拙。"他的诗向来写得不好，不值得我去认真考证，但如果真用"金茎露"来指称普洱茶，勉强还算说得过去。

《红楼梦》里倒是确实写到，哪天什么人吃多了，就有人劝"该焖些普洱茶喝"。宫廷回忆录里也提到："敬茶的先敬上一盏普洱茶，因为它又暖又能解油腻。"由京城想到茶马古道，那一条条从普洱府出发的长路，大多通向肉食很多、蔬菜很少的高寒地区。那里本该发生较多消化系统和心血管系统的疾病而实际情况并非如此，人们终于从马帮驮送的茶饼、茶砖上找到了原因。

我们现在还能找到一些相关的文字记述，例如："普洱茶味苦性刻，解油腻、牛羊毒"；"茶之为物，西戎、吐蕃古今皆仰食之，以腥肉之食，非茶不消"；"一日无茶则滞，三日无茶则病"……

当今中国，食物充裕，油腻过剩，越来越多的人遇到了清王室和高原山民同样的问题。而且，现代科学检测手段已经证明，普洱茶确实具有降低血糖和血脂的明显功效。因此，它的风行，理由成立。

不仅如此，普洱茶还有一个优点，那就是喝了不影响睡眠。

即使在夜间喝了，也能倒头酣睡。这个好处，在各种茶品里几乎绝无仅有，实在是解除了世间饮茶人的千年忧虑。

试想，在大批繁忙的人群中，要想舒舒服服地摆开阵势喝茶，总在夜间。其他茶，一到夜间总是很难被畅饮，因此，普洱茶就在夜色之中成了霸主。谁想夺霸，只在白天叫叫罢了，一到夜幕降临，就不再吱声。

其次，是口味。

如果普洱茶的好处仅仅是让身体轻盈健康，那它也就成了保健食品了。但它最吸引茶客的地方，还是口感。要写普洱茶的口感很难，一般所说的樟香、兰香、荷香等等，只是一种比拟，而且是借着嗅觉来比拟味觉。

世上那几种最基本的味觉类型，与普洱茶都对不上。即使在茶的天地里，那一些由绿茶、乌龙茶、红茶、花茶系列所体现出来的味觉公认，与普洱茶也不对路。

人是被严重"类型化"了的动物，离开了类型就不知如何来安顿自己的感觉了。经常看到一些文人以"好茶至淡"、"真茶无味"等句子来描写普洱茶，其实是把感觉的失落当作了哲理，有点误人。不管怎么说，普洱茶绝非"至淡"、"无味"，它是有"大味"的。如果一定要用中国文字来表述，比较合适的是两个词：陈酽、暖润。

普洱茶在陈酽、暖润的基调下变幻无穷，而且，每种重要的变换都会进入茶客的感觉记忆，慢慢聚集成一个安静的"心理仓贮"。

在这个"心理仓贮"中，普洱茶的各种口味都获得了安排，但仍然不能准确描述，只能用比喻和联想稍加定位。我曾做过一个文学性的实验，看看能用什么样的比喻和联想，把自己心中不同普洱茶的口味勉强道出。

于是有了：

这一种，是秋天落叶被太阳晒了半个月之后躺在香茅丛边的干爽呼吸，而一阵轻风又从土墙边的果园吹来；

那一种，是三分甘草、三分沉香、二分当归、二分冬枣用文火熬了半个时辰后在一箭之遥处闻到的药香。闻到的人，正在磬钹声中轻轻诵经；

这一种，是寒山小屋被炉火连续熏烤了好几个冬季后木窗木壁散发出来的松香气息。木壁上挂着弓箭马鞍，充满着草野霸气；

那一种，不是气息了，是一位慈目老者的纯净笑容和难懂语言，虽然不知意思却让你身心安顿，滤净尘嚣，不再漂泊；

这一种，是两位素颜淑女静静地打开了一座整洁的檀木厅堂，而廊外的灿烂银杏正开始由黄变褐；

……

这些比喻和联想是那样的"无厘头"，但是，凡有一点文学感觉的老茶客听了都会点头微笑。只要遇到近似的信号，各种口味便能从茶客们的"心理仓贮"中立即被检索出来，完成对接。

普洱茶的"心理仓贮"一旦建立，就容不得同一领域的低劣产品了。这对人生实在有一点麻烦，例如我这么一个豁达大度的人，外出各地几乎可以接受任何饮料，却已经不能随意接受普洱茶。

经常遇到一些好心而又殷勤的朋友听说我喝普洱茶在行，专门拉我到当地茶馆喝。进得门去，茶具、茶艺师一应俱全，那就会使我非常尴尬。专业素养的积累很容易让人在某一领域的接受范围越变越小、越来越严，实在是没有办法。我的普洱茶"心理仓贮"，时时会产生敏锐的警觉，错喝一口，就像对不起整个潜在系统，全身心都会抱怨。

这种拒绝，说大一点，是在人品结构边缘衍伸了一个小小的"茶品"结构，在人格形态外沿拖拽出了一个小小的"茶格"形态。不管是"品"是"格"，都是通过否定和删削，来求得等级自守。这对茶事来说，虽然无关精神道德，却是有涉生活素质。

第三，是深度。

普洱茶的"心理仓贮"，空间幽深、曲巷繁密、风味精微。这一来，也就有了徜徉、探寻的余地，有了千言万语的对象，有了玩得下去的可能。

相比之下，世上很多美食佳饮，虽然不错，但是品种比较单一，缺少伸发空间，吃吃可以，却无法玩出大世面。那就抱歉了，无法玩出大世面就成不了一种像模像样的文化。以我看来，普洱茶丰富、复杂、自成学问的程度，在世界上，只有法国的红酒可以相比。

你看，在最大分类上，普洱茶有"号级茶"、"印级茶"、"七子饼"等等代际区分，有老茶、熟茶、生茶等等制作贮存区分，有大叶种、古树茶、台地茶等等原料区分，又有易武山、景迈山、南糯山等等产地区分。其中，即使仅仅取出"号级茶"来，里边又隐藏着一大批茶号和品牌。哪怕是同一个茶号里的同一种品牌，也还包含着很多重大差别，谁也无法一言道尽。

在我的交往中，最早筚路蓝缕地试着用文字写出这些区别的，是台湾的邓时海先生；最早拿出真实茶品让我从感性上懂得一款款上品老茶的，是菲律宾的何作如先生；最早以自己几十年的普洱茶贸易经验传授各种分辨诀窍的，是香港的白水清先生。我与他们，一起不知道喝过了多少茶。年年月月茶桌边的轻声品评，让大家一次次感叹杯壶间的天地实在是无比深远。

其实，连冲泡也大有文章。有一次在上海张奇明先生的大可堂，被我戏称为"北方第一泡"的唐山王家平先生、"南方第一泡"的中山苏荣新先生和其他几位杰出茶艺师一起泡着同一款茶，一盅盅端到另一个房间，我一喝便知是谁泡的。茶量、水量、速度、热度、节奏组成了一种韵律，上口便知其人。

这么复杂的差别，与一个个朋友的生命形态连在一起，与躲在后面的大山、茶号、高师、岁月连在一起，与千里之隔又分毫不差的茶香、茶语连在一起，构成一种特殊的"生态语法"。进得里边，处处可以心照不宣，不言而喻，见壶即坐，相见恨晚。这样的天地，当然就有了一种让人舍不得离开的人文深度。

——以上这三个方面，大体概括了普洱茶那么吸引人的原因。但是，要真正说清楚普洱茶，不能仅仅停留在感觉范畴。普洱茶的"核心机密"，应该在人们的感觉之外。

三

普洱茶的"核心机密"是什么？这个问题不能由过于痴迷的茶客来回答。这正如，只要是"戏迷"，就一定说不清楚所迷剧种存在的根本意义。能够把事情看得比较明白的，大多是保持距离的客观目光。

在我认识的范围内，往往越是年轻的研究者反而越能说得比较清楚。例如，一九七四年才出生的普洱茶专家太俊林先生，在这方面就远胜年迈的老茶客。距离也不是问题，两位离云南普洱很远的东北科学家，盛军先生和陈杰先生，对普洱茶所作的研究就令人钦佩。

因此，我希望茶客们也能听听有关普洱茶研究的当代科学话语。即便遇到一些不熟悉的概念，也请暂时搁下杯壶，硬着头皮听下去。

我们不妨从发酵说起。

何谓发酵？简单说来，那是人类利用微生物来改变和提升食物细胞的质地，使之产生独特风味的过程。平日我们老在暗中惦念的那些食物，大多与发酵有关，例如各种美酒、酸奶、干酪、豆腐乳、泡菜、纳豆、酱油、醋，等等。即便是粮食，发酵过的馒头、面包也比没有发酵过的面粉制品更香软、更营养。在医学上，要生产维生素、氨基酸、胰岛素、抗生素、疫苗、激素等等，也离不开发酵过程。

可见，如果没有发酵，人类的生活将会多么简陋、寡味，我们的口味将会多么单调、可怜。

发酵的主角，是微生物。

一说微生物，题目就大了。科学家告诉我们，人类在地球上出现才几百万年，而微生物已存在三十五亿年。世界上的生命，除了动物、植物这"两域"外，"第三域"就是微生物，由此建立了"生命三域"的学说。这些无限微小又无限繁密、无比长寿又无比神秘的"小东西"，我们至今仍然了解得很少，却已经逼得当代各国科学家建立了包括基因工程、细胞工程、酶工程等等分支组成的生物工程学来研究。尽管研究还刚开始，奇迹已叹为观止。听说连开采石油这样的重力活儿，迟早也可以让微生物来完成。真不知道再过多少年，这些"小东西"会把世界变成什么样。

这就可以说到普洱茶了。它就是由两批微生物菌群先后侍候的结果。

第一批微生物菌群长期活跃在云南的茶山里，一直侍候着大叶种古茶树，使它们能够保存并增加多酚类化合物，如茶多酚、茶碱、儿茶素等等，再加上氧化酶，为普洱茶的制作提供了良好的原料；

第二批微生物菌群就不一样了，集结在制作过程中。它们趁着采摘后的"晒青毛茶"在湿热条件下"氧化红变"，便纷纷哄然而起，附着于茶叶之上。经由茶叶的低温杀青、轻力揉捻、日光干燥，渐渐成为今后长期发酵的主人。它们一步步推进发酵过程，不断地滋生、呼吸、放热、吞食、转化、释放，终于成就了普洱茶。

说到这里，我们可以凭着发酵方式的不同，来具体划分普洱茶与其他茶种的基本区别了。

绿茶在制作时需要把鲜叶放在铁锅中连续翻炒杀青，达到提香、定型、保绿的效果，为此必须用高温剥夺微生物活性，阻止茶多酚氧化，因而也就不存在发酵。

乌龙茶就不一样了，制作时先鼓励生物酶的活性，也就是用轻度发酵提升香气和口味后，随即用高温炒青烘干，让发酵停止。

一六七七年在意大利罗马出版的《图说中国》，把当时西方人眼中特别神秘的中国介绍给世界。其中有一幅专门描绘了云南南部的大叶茶树。这也许是中国历史上第一幅大叶种乔木型茶树图。

红茶则把发酵的程度大大往前推进了一步，比较充分地待香待色，然后同样用高温快速阻止发酵。

必须说明的是，红茶、乌龙茶虽然也有发酵过程，却因为不以微生物菌群的参与为主，实际上是一种"氧化红变"，与普洱茶的"发酵"属于不同的类型。

普洱茶的发酵，在长年累月之间，无声无息地让茶品天天升级。微生物菌群裂解着细胞壁，分解着有机物，分泌着氨基酸，激活着生物酶，合成着茶氨酸……结果，所产生的茶多酚、茶色素、泛酸、胱氨酸、生物酶，以及汀类物质、果胶物质等等，不仅大大增进了健康功能，而且还天天提升着口味等级。即便是上了年纪的老茶品，也会在微生物菌群的辛勤劳作下，成为永久的半成品、不息的变动者、活着的生命体。

发酵沉淀时间。发酵过程可以延续十几年、几十年，便使茶品越来越具有时间深度，形成了一个似乎是从今天走回古典的"陈化"历程。这一历程的彼岸，便是渐入化境，妙不可言，让一切青涩之辈只能远远仰望，歆慕不已。

普洱茶对时间的长久依赖，也给茶客们带来一种巨大的方便，那就是不怕"超期贮存"。有好茶，放着吧，十年后喝都行，不必担心"不新鲜"。这也是它能制伏其他茶品的一个杀手锏，因为其他茶品只能在"保质期"内动弹。

我见过那种每个茶包上都标着不同年代的普洱茶仓库，年代

图为熟普洱茶制作过程中的干燥环节。普洱茶有生、熟普洱茶之分，制作工艺也不同。生普洱茶传统制作过程是：杀青——揉捻——晒干——压制成各种紧压茶，令其在自然存放中缓慢发酵陈化。而熟普洱茶的制作过程是：杀青——揉捻——干燥——增湿渥堆——压制成品——干燥脱水。

越久越在里边享受尊荣。这让我联想到在欧洲很多国家地底下秘藏着的陈年酒窖，从容得可以完全不理地面上的兵荒马乱、改朝换代。我的《行者无疆》这本书里有一篇题为《醉意秘藏》的文章，记述了这种傲视时间的生态秘仪。这种生态秘仪，是我特别重视的"生态文化"的崇高殿堂。

这里，还出现了一个美学上的有趣对比。

按照正常的审美标准，漂亮的还是绿茶、乌龙茶、红茶，不仅色、香、味都显而易见，而且从制作到包装的每一个环节都可以打理得美轮美奂。而普洱茶就像很多发酵产品，既然离不开微生物菌群，就很难"坚壁清野"、整洁亮丽。

从原始森林出发的每一步，它都离不开草叶纷乱、林木杂陈、虫飞禽行、踏泥扬尘、老箕旧篓、粗手粗脚的鲁莽遭遇，正符合现在常说的"野蛮生长"。直到最后压制茶饼时，也不能为了脱净蛮气而一味选用上等嫩芽，因为过于绵密不利于发酵转化，而必须反过来用普通的"粗枝大叶"构成一个有梗有隙的支撑形骨架，营造出原生态的发酵空间。这看上去，仍然是一种野而不文、糙而不精的土著面貌，仍然是一派不登大雅之堂的泥昧习性。

但是，漫长的时间也能让美学展现出一种深刻的逆反。青春芳香的绿茶只能浅笑一年，笑容就完全消失了。老练一点的乌龙茶和红茶也只能神气地挺立三年，便颓然神伤。这时，反倒是看上去蓬头垢面的普洱茶越来越光鲜。原来让人耽心的不洁不净，经过微生物菌群多年的吞食、转化、分泌、释放，反而变成了大洁大净。

你看清代宫廷仓库里存茶的那个角落，当年各地上贡的繁多茶品都已化为齑粉，沦为尘土，不可收拾，唯独普洱茶，虽百余年仍筋骨疏朗，容光焕发。二〇〇七年春天从北京故宫回归普洱的那个光绪年间出品的"万寿龙团贡茶"，很多人都见到了，便是其中的代表性形象。

这就是赖到最后才登场的"微生物美学"，一登场，全部不起眼的前史终于翻案。这就是隐潜于万象深处的"大自然美学"，一展露，连人类也成了其间一个小小的环节。

说到这里，我想读者诸君已经明白，我所说的普洱茶的"核心机密"是什么了。

普洱茶的每一步，都是"野蛮生长"，但经过微生物菌群的成年努力，终于由"不洁不净"转化为"大洁大净"。

四

细算起来，人类每一次闯入微生物世界都非常偶然。开始总以为一种食品馊了，霉了，变质了，不知道扔掉多少次而终于有一次没有扔掉。

于是，由惊讶而兴奋，由贪嘴而摸索。

中国茶的历史很长，已有很多著作记述。但是，由微生物发酵而成的普洱茶究竟是什么时候被人们发现，什么时候进入历史的？我见到过一些整理文字，显然都太书生气了，把偶尔留下的边缘记述太当一回事，而对实际发生宏大事实却轻忽了。

那么，就让我把普洱茶的历史稍稍勾勒一下吧。

中国古代，素来重视朝廷兴亡史，轻忽全民生态史，更何况云南地处边陲，几乎不会有重要文人来及时记录普洱茶的动静。唐代《蛮书》、宋代《续博物志》、明代《滇略》中都提到过普洱一带出茶，但从记述来看，采摘煮饮方式还相当原始，或语焉不详，并不能看成我们今天所说的普洱茶。这就像，并不是昆山一带的民间唱曲都可以叫昆曲，广东地区的所有餐食都可以叫粤菜。普洱茶的正式成立并进入历史视野，在清代。

幸好是清代。那年月，世道不靖，硕儒不多，普洱茶才有可能摆脱文字记述的陷阱，由"文本文化"上升到"生态文化"。历来对普洱茶说三道四的文人不多，这初看是坏事，实质是好事。

普洱茶由此可以干净清爽地进入历史而不被那些冬烘诗文所纠缠。吃就是吃，喝就是喝。咬文嚼字，反失真相。

我在上文曾写到清代帝王为了消食而喝普洱茶的事情。由于他们爱喝，也就成了贡品。既然成了贡品，那就会引发当时上下官僚对皇家口味的揣摩和探寻，于是普洱茶也随之风行于官场仕绅之间。朝廷的采办官员，更会在千里驿马、山川劳顿之后，与诚惶诚恐的地方官员一起，每年严选品质和茶号，精益求精，谁也不敢稍有怠慢或疏忽。普洱茶，由此实现了高等级的生命合成。

从康熙、雍正、乾隆到嘉庆、道光、咸丰，这些年代都茶事兴盛。而我特别看重的，则是光绪年间（公元 1875 年—1909 年）。主要标志，是诸多"号级茶"的出现。

"号级茶"，是指为了进贡或外销而形成的一批茶号和品牌。品牌意识的觉醒，使普洱茶从一开始就进入了"经典时代"，以后的一切活动也都有了基准坐标。

早在光绪之前，乾隆年间就有了同庆号，道光年间就有了车顺号，同治年间就有了福昌号，都是气象不凡的开山门庭，但我无缘尝到它们当时的产品。我们今天还能够"叫得应"的那些古典茶号，像宋云号、元昌号，以及大名赫赫的宋聘号，都创立于光绪元年。

由此带动，一大批茶庄、茶号纷纷出现。说像雨后春笋，并不为过。

茶马古道遗迹

一八八七年法国探险家路易·德拉波特笔下的云南运茶马帮。

普洱府一直是澜沧江沿岸茶叶的主要集散地。这是路易·德拉波特笔下的普洱府。

十八世纪，普洱府思茅的茶叶贸易十分繁荣，图为思茅牌楼群。

百年前的普洱府人物群像，按照当时当地的职业比例，他们当中一定有一半以上是普洱
茶的制作者。

我很想和业内朋友一起随手开列一批茶号出来,让读者诸君吓一跳。数量之多,足以证明一个事实:即便在交通艰难、信息滞塞的时代,一旦契合某种生态需求,也会喷涌成一种不可思议的商市气势。但是,我拿出来的一张白纸很快就写满了,想从里边选出几个重要的茶号来,也不容易。刚勾出几个,一批自认为比它们更重要的名字就在云南山区的老屋间嗷嗷大叫。我隐约听到了,便仓皇收笔。

只想带着点儿私心特别一提:元昌号在光绪元年创立后,又在光绪中期到易武大街开设分号而建立了福元昌号,延绵到二十世纪还生气勃勃,成为普洱茶的"王者一族"。这个茶庄后来出过一个著名的庄主,恰是我的同姓本家余福生先生。

就像我曾经很艰苦地抗议自己的书籍被盗版一样,余福生先生也曾借着茶饼上的"内票"发表打假宣言:"近有无耻之徒假冒本号……",我一看便笑了,原来书茶同仇,一家同声,百年呼应。

茶号打假,说明市场之大,竞争之烈,茶号之多,品牌之珍。品牌的名声,本来应由品质决定,但是由于普洱茶的品质大半取决于微生物菌群的微观生态,恰恰最难说得清。因此,可怜的打假者们不知道该怎么办。他们不得不借用一般的"好茶印象"来涂饰自己的品牌。

这情景,就像自己家的松露被盗,却无法说明松露是什么,只能说是自己家遗失的蘑菇远比别人家的好，结果成了蘑菇被盗。普洱茶的庄主们竭力证明自己家的茶是别人无法复制的上品，用的却是绿茶的标准。

例如，这家说自己是"阳春细嫩白尖"，那家说自己是"细嫩茗芽精工揉造"，甚至还自称"提炼雨前春蕊细嫩尖叶，绝无参杂冲抵"云云。你看，借用这种标准来说普洱茶，反而"扬己之短，避己之长"，完全错位。

这事也足以证明，直到百年之前，普洱茶还不知如何来说明自己。这种现象，从学术上讲，它还缺少"对自身身份的理性自觉"。

普洱茶的品质是天地大秘。在获得理性自觉之前，唯口舌知之，身心知之，时间知之。当年的茶商们虽深知其秘而无力表述，但他们知道，自己所创造的口味将随着漫长的陈化过程而日臻完美。会完美到何等地步，他们当时还无法肯定。享受这种完美，是后代的事了。

如果说，光绪元年是云南经典茶号的创立之年，那么，光绪末年则是云南所有茶号的浩劫之年。由于匪患和病疫流行，几乎所有茶号都关门闭市。如此整齐地开门、关门，开关于一个年号的首尾，使我不得不注意光绪和茶业的宿命。

浩劫过去，茶香又起。只要茶盅在手，再苦难的日子也过得下去。毕竟已经到了二十世纪，就有人试图按照现代实业的规程来筹建茶厂。一九二三年到勐海计划筹建茶厂的几个人中间，领头的那个人正好也是我的同姓本家余敬诚先生。

后来在一九四〇年真正把勐海的佛海茶厂建立起来的，是从欧洲回来的范和钧先生。他背靠中国茶业公司的优势，开始试行现代制作方式和包装方式，可惜在兵荒马乱之中，到底有没有投入批量生产？产了多少？销往何方？至今还说不清楚。我们只知道十年后战争结束，政局稳定，一些新兴的茶厂才实现规模化的现代制作。

这次大规模现代制作的成果，也与前代很不一样。从此，大批由包装纸上所印的字迹颜色而定名的"红印"、"绿印"、"蓝印"、"黄印"等等品牌，陆续上市。有趣的是，正是这些偶尔印上的颜色，居然成了普洱茶历史上的里程碑，五彩斑斓地开启了"印级茶"的时代。

那又是一个车马喧腾、旌旗猎猎、高手如云的热闹天地。"号级茶"就此不再站在第一线，而是退居后面，安享尊荣。如果说，"号级茶"在今天是难得一见的老长辈，那么，"印级茶"则还体力雄健，经常可以见面。

你如果想回味一下二十世纪五十年代、六十年代那种摆脱战争之后大地舒筋活血的生命力，以及这种生命力沉淀几十年后的庄重和厚实，那就请点燃茶炉，喝几杯"印级茶"吧。喝了，你就会像我一样相信，时代是有味道的，至少一部分，藏在普洱茶里了。

无奈海内外的需求越来越大，"印级茶"也撑不住了。普洱茶要增加产量，关键在于缩短发酵时间，这就产生了一个也是从偶然错误开始的故事。

据说有一个叫卢铸勋的先生在香港做红茶，那次由于火候掌握不好，做坏了，发现了某种奇特的发酵效果。急于缩短普洱茶发酵时间的茶商们从中看出了一点端倪，便在香港、广东一带做了一些实验。终于，一九七三年，由昆明茶厂厂长吴启英女士带领，在这些实验的基础上以"发水渥堆"的方法成功制造出了熟茶。熟茶中，陆续出现了很多可喜的品牌。

当然，也有不少茶人依然寄情于自然发酵的生茶，于是，熟茶的爆红也刺激了生茶的发展。在后来统称"云南七子饼"的现代普洱系列中，就有很多可以称赞的生茶产品。从此之后，生、熟两道，并驾齐驱。

即使到了这个时候，普洱茶还严重缺少科学测试、生化分析、品牌认证、质量鉴定，因此虽然风行天下，生存基点还非常脆弱，经受不住滥竽充数、行情反转、舆情质询。日本二十几年前由痴迷到冷落的滑坡，中国在二〇〇七年的疯涨和疯跌，都说明了这一点。因此，二〇〇八年由沈培平先生召集众多生物科学家和其他学者集中投入研究，开启了"科学普洱"的时代。

——我用如此简约的方式闲聊着普洱茶的历史，感到非常爽朗。但是，心中也有一丝不安，觉得还是没有落到实处。就像游离了一个个作品来讲美术史，才几句就心慌了。然而普洱茶那么多品牌，有哪几个是广大读者都应该知道的呢？它们的等级如何划分？我们有没有可能从一些"经典品牌"的排序中，把握住普洱茶的历史魂魄？

五

为口感排序，非常冒险。

尤其是，任何顶级形态都达到了足够的高度，而每种高度都自成峰峦，自享春秋，更不易断其名次。

为普洱茶的峰峦排序，还遇到了特殊的困难，那就是，抵达者实在太少，难以构成广泛舆论。上好的茶品，既稀缺又隐秘，怎么才能构成能使大家服气的评判？行家甚至都知道哪几位老兄藏有哪几种品牌，说高说低，都有"挟藏品而自重"、"隐私心而待沽"之嫌。

因此，资深茶客们往往只默默地排序于心底，悄声地嘀咕于壶边。说大声了，怕遇冷眼。

好像都在等我。

因为我嫌疑很小，胆子很大。

上：福元昌号七子圆茶，生产于一百多年前。
中：乾利贞宋聘号圆茶及内飞，生产于八十多年前。
下：中茶牌红印圆茶及内飞，生产于上世纪五十年代。

那么，就让我来吧。

我对"号级茶"排序的前五名为——

　　第一名："宋聘"；

　　第二名："福元昌"；

　　第三名："向质卿"；

　　第四名："双狮同庆"；

　　第五名："陈云号"。

我对"印级茶"排序的前五名为——

　　第一名："大红印"；

　　第二名："甲乙级蓝印"；

　　第三名："红印铁饼"；

　　第四名："无纸红印"；

　　第五名："蓝印铁饼"。

我对"七子饼"排序的前五名为——

　　第一名："七子黄印"；

　　第二名："七五七二"；

第三名："雪印青饼"；

第四名："八五八二"；

第五名："八八青饼"。

写完这些排序，我在大胆之后突然产生了谦虚，觉得应该拜访几位老朋友，听听他们的说法。

先到香港，叩开了柴湾一个巨大茶叶仓库的大门，出来迎接的正是白水清先生。在堆积如山的茶包下喝茶，就像在惊天瀑布下戏水，非常痛快，因此每次都会逗留到午夜之后。

白水清先生对普洱茶的见识，广泛而又细致。原因是做了几十年的普洱茶贸易，当初很多场合是不能"试泡试喝"的，只凭两眼一扫，就要判断一切，并由此决定祸福。我总觉得一次次"两眼一扫"的情景中包含着有趣的文学价值，可以引发出许多传奇故事。小巷、马车、麻袋、眼神、汗滴……年年不同又年年累积，活生生造就了一个白水清。

但是，白水清先生无心文学。那年年月月的长期训练，使他的眼光老辣而又迅捷。我建议他编一部以自己名字命名的《普洱茶词典》出版，因为他有这种知识贮备。说起"号级茶"，白水清先生首先推崇当年的四个茶庄：同庆号、同兴号、同昌号、宋聘号。在品牌上，他认为最高的是"红标宋聘"，口味浓稠而质量稳定。其次他喜欢"向质卿"的高雅、鲜爽，"双狮同庆"的

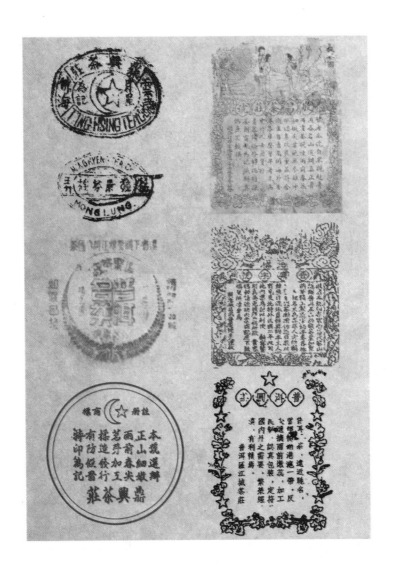

图为古董茶大票及内飞。历来会在普洱茶茶饼内放一张糯米做成的印有品牌、生产厂家、定制者的纸，即"内飞"。由于内飞在压制工序中就与圆茶紧压黏结，无法假冒伪造，所以一直被视为普洱茶的身份证。而大票则是普洱茶出厂时附带的简要说明，包括茶号、厂家、批次、重量等信息，主要有直式和横式两种。

异香、霸气。"福元昌"和"车顺号",好是好,但存世太少,呈现得不完整,不方便进入队列。此外,他还欣赏几个茶庄,例如江城号、敬昌号等等。

何作如先生在普洱茶上,是很多茶人的"师傅"。他原是个文学爱好者,很多年前我只要和金庸先生、白先勇先生聊天,他每次都来泡茶。也不讲话,只是低头泡,偶尔伸出手指点着茶盅,要我们趁热喝。我们三人当时对普洱茶尚未入门,完全不知道他拿出来的茶是何等珍贵,现在想来还十分惭愧。

何先生把"号级茶"分了"四线"。一线三名,"宋聘"、"双狮同庆"、"福元昌";二线两名,"陈云号"、"仁和祥";三线三名,"本记"、"敬昌"、"同兴";四线也是三名,"江城号"、"黄文兴"、"同昌号"。

沈培平先生对现代普洱茶发展的贡献,人所共知。那天我在飞机上正好与他邻座,就聊了起来。他是一位宏观的管理者,既有科学思维,又有敏锐口感,因此对各种品牌都有一种鸟瞰的高度。他对"号级茶"的排序,一口气列了十名:"宋聘"、"福元昌"、"向质卿"、"双狮同庆"、"陈云号"、"大票敬昌"、"同昌号(黄文兴)"、"江城号"、"元昌号"、"兴顺祥"。他对"印级茶"排了六名:"大红印"、"甲乙级蓝印"、"红印铁饼"、"无纸红印"、"蓝印铁饼"、"广云贡饼"(六〇年代出品)。

他对"七子饼",也浩浩荡荡地排了九名:"七子小黄印"、"七五七二(青饼)"、"雪印"、"月印"、"八六五三"、"七五八二"、"八五八二"、"七五四二"、"八八青(七五四二)"。除此之外,他还提供了自己对熟茶的排名:"紫天"、"八中熟砖"、"南宝砖"、"文革后期砖"。对"新生代普洱茶",他比我们都认真,因此也提供了排名:"易武春尖"、"紫大益"、"橙中橙"、"九九易昌"、"倚邦红印"、"昌泰号(二〇〇一)"、"澜沧古茶公司〇〇一"、"阳春三月"、"绿色永年九九"等等。他的目光,瞻前顾后,童叟无欺。

　　现任永年太和茶叶公司董事长的太俊林先生,熟悉普洱茶的每一个制作环节,这是其他只懂品尝的各位名家所不能比的。他年纪还轻,因此不想为祖父辈的老茶排序,更愿意着眼现在可以经常饮用的茶品。他对"七子饼"排了五款,即"七五七二(青饼)"、"八五八二(首批青饼)"、"雪印"、"月印(七五三二)"、"八六五三"。他为"新生代"排了三款:"九九易昌"、"阳春三月"、"绿色永年九九"。

　　张奇明先生开设的大可堂茶馆,专供普洱茶,早已成了上海极重要的一个文化会所。有的茶客甚至摹仿西方人着迷星巴克的语言,说自己平日"如果不在大可堂,就在去大可堂的路上"。很多朋友看到那里有一方由我书写的碑刻,以为是我开的。其实,我只是一名常去的茶客,也是我的"第二会客室"。

1996 年紫大益青饼　　　　　　1999 大渡岗圆宝七子饼

昌泰 99 易昌号　　　　2005 年永年九九　　　　2001 年昌泰号全绿字

2004 年澜沧古茶 001 沱　　　　2004 年下关阳春三月订制饼

张奇明先生对"号级茶"的排序为："宋聘"、"陈云号"、"向质卿"、"大票敬昌"；对"印级茶"的排序为："大红印"、"红印铁饼"、"无纸红印"、"甲乙级蓝印"、"大字绿印"、"蓝印铁饼"；对"七子饼"的排序为："黄印"、"七五七二"、"雪印"、"八五八二"、"八八青饼"。

　　王家平先生在网络微博上的署名是"茶人王心"，据说投情颇深，读者也不少，可惜我不上网，看不到。算起来，只要我在北京期间，与他喝茶的次数比较多。每次看到他胖胖的手居然能灵巧地泡出一壶壶好茶，深感惊讶。王家平先生对"号级茶"的排序为："宋聘"、"陈云号"、"双狮同庆"、"向质卿"；他对"印级茶"的排序为："红印"、"蓝印铁饼"、"甲乙级蓝印"、"无纸红印"；他对"七子饼"的排序为："八五八二"、"雪印"、"八八青饼"。

　　另外，我还分头询问了全国各地一些最优秀的茶艺师，如姚丽虹、黄娟、海霞、罗寅娟、田娜等等。她们的排序，几乎也都大同小异。可见，在口味等级上，高手们分歧不多。

　　这样，我也就放心了。

六

虽然说得如此痛快淋漓，但是，"号级茶"已经越来越少，谁也不能经常喝到了。"福元昌"现在存世大概也就二三十小桶吧？"车顺号"据说只存世四片，我已侦知被哪四个人收藏了。都是我的好友，但他们互相不说，更不对外宣扬。怕被窃，当然是一个原因；但更怕的是，一番重大的人情，或一笔巨大的贸易，如果提出要以尝一口这片老茶作条件，该如何拒绝？

珍贵，不仅是因为稀少。"号级茶"的经典口味，借着时间的默默厮磨，借着微生物菌群的多年调理，确实高妙得难以言表。

邓时海先生说，福元昌磅礴雄厚，同庆号幽雅内敛，一阳一阴，一皇一后，构成终端对比。在我的品尝经验里，福元昌柔中带刚，果然气象不凡，同庆号里我只中意"双狮"，陈云号药香浓郁，也让我欣喜，但真正征服我的，还是宋聘。宋聘，尤其是红标宋聘而不是蓝标宋聘，可以兼得磅礴、幽雅两端，奇妙地合成一种让人肃然起敬的冲击力，弥漫于口腔胸腔。

我喝到的宋聘，当然不是光绪年间的，而是民国初年宋家与袁家联姻后所合并的"乾利贞宋聘"茶庄的产品。那时，这个茶庄也在香港设立了分公司。每次喝宋聘，总是多一次坚信，它绝非浪得虚名。与其他茶庄相比，宋、袁两家的经济实力比较雄厚，这当然是最高品质的保证；但据我判断，宋聘号这一光耀后世的企业里边，必有一个真正的顶级大师在进行着最重要的把关。正是这个人和他的助手，一直在默默地执掌着一部至高的品质法律，不容哪一天，哪一片，有半点疏漏。

照理，堪与宋聘一比的还有同兴号的"向质卿"——一个由人物真名标识的品牌，据说连慈禧太后也喜欢。但奇怪的是，多次喝"向质卿"，总觉得它太淡、太薄、太寡味，便怀疑慈禧太后老而口钝，或者向家后辈产生了比较严重的"隔代衰退"。到后来，一听这个品牌就兴味索然。没想到有一天夜晚在深圳，白水清先生拿出了家藏的"向质卿"，又亲自执壶冲泡，我和马兰才喝第一口就不由得站起身来。柔爽之中有一种大空间的洁净，就像一个老庭院被仆役们洒扫过很久很久。无疑，这是典型的贡品风范。但是，如果要我把它与宋聘作对比，我还会选择宋聘，理由是力度。

我对"印级茶"的喜欢，也与力度有关。即使是其中比较普及的"无纸红印"、"蓝印铁饼"，虽然在普洱茶的时间坐标里还只是中年，却已有大将风度，温厚而又威严。

在京城初冬微雨的小巷茶馆，不奢想"号级茶"了，只掰下那一小角"红印"或"蓝印"，再把泉水煮沸，就足以满意得闭目无语。

当然也会试喝几种"新生代"普洱，一般总有一些杂味、涩味。

如果去掉了，多数也是清新有余，力度薄弱。那就只能耐心地等待，慢慢让时间给它们加持了。

七

说到力度，我不能不表述一种牵挂已久的困惑。

普洱茶的口感，最珍贵、最艰深之处，就是气韵和力度。但是，科学家们研究至今，还无法说明气韵和力度的成因。有人说，茶中之气，可能来自于一种叫"锗"的成分，对此我颇有怀疑。我想，锗，很可能是增加了某些口味，或提升了某些口味吧？应该与最难捉摸的气韵和力度关系不大。

依我看，秘密还在那群微生物身上。天下一切可以即时爆发的气势，必由群体生命营造。但是，诚如我前文所说，普洱茶在生成过程中曾遇到过两批不同微生物菌群的伺候，气韵和力度，主要是由哪一批营造的？我想，可能是茶山里围着大叶古茶树的那一批，就像早期教育给学生们定下了气质和格调。当然，后一批应该也有长久的贡献。

除了气韵和力度，普洱茶的特殊香型也还是一个谜。过去有一种幼稚的解释，以为茶树边上种了某一种果树就会传染到某种香型，这种说法已被实践否定。据现在的研究，普洱茶的香气，是芳樟醇（也即沉香醇及其氧化物）在起作用。这种说法可能比较靠谱。但是，普洱茶除了樟香之外的其他香型如兰香、荷香、枣香、青香，那是芳樟醇范围里边的不同类别，还是出现了其他什么别的醇？

近来网络上有一种传言，说普洱茶里有黄曲霉素，是致癌物质。对此，陈杰先生说，黄曲霉与黄曲霉素是两个不同的概念。黄曲霉要转化为黄曲霉素必须具备蛋白质、淀粉、油脂等物质，而普洱茶恰恰缺少这种物质。如果个别普洱茶中检测出了黄曲霉素，那一定是源于二度污染，与普洱茶本身无关。说到致癌，科学家们反而指出，普洱茶里有一种茶红素能防癌。但是，我们对茶红素了解不多。它究竟是什么成分？何时能分解出来？

又有科学家设想，普洱茶的最好原料是千年古茶树，那些茶树千年不凋，除了微生物的辛劳之外，是不是还有一种"长寿基因"？如果是，那么，这种"长寿基因"到底是以一种什么方式存在着、转换着？

这样的问题，可以无休无止地问下去。

很快我们发现，有关普洱茶的很多重大问题，大家都还没有找到答案。因此，最好不要轻言自己已经把普洱茶"彻底整明白"了。记住，就在我们随手可触的某个角落，那群微生物正交头接耳地在嘲笑我们。

由此想起几年前，闫希军先生领导的天士力集团听到了"科学普洱"的声音，便用现代生物发酵工艺萃取千年古茶树中有效无害的成分，提炼成"帝泊洱"速溶饮品。这个行动具有重大历史意义，为普洱茶的纯净化、功能化、便捷化、国际化打开了新门户。在香港举行的发布会上得知，为了研究的可靠性，他们曾经一次次动用上百只白老鼠做生化实验。我随即在发布会上站起来说，自己是一百零一只白老鼠，已经在无意中接受了多次实验，而且还愿意实验下去。

但是，我更想在实验中把自己变小，小得不能再小，然后悄悄溶入那支微生物菌群的神秘大军，看它们如何从原始森林的古乔木大叶种开始，一步步把普洱茶闹腾得风起云涌。

当然，对我来说，普洱茶只是一个观察样本，只要进入了微生物的世界，那么，我对人类和地球的感受也就完全不一样了。于是，我再由小变大，甚至变成巨人，笑看茫茫三界。

八

春天，又一个收茶的季节来了。

好几天来，妻子一直在念叨着普洱的那些茶山，一次次下决心要赶过去赏茶、采茶。但是，实在被教育任务拖住了，怎么也走不开。她对那些茶山，留下了很特别的感觉，因此在品茶时常常刚一入口就说出了来自何山，而且总是说对，让老茶客们佩服不已。我就是在这一点上，逊她一步。对此，她谦虚地说："女人嘛，只是在口感上稍稍敏锐一点，何况我经过实地踏访。"

唇齿一扪，就能感知每一座山，却放掉了当季的山色山岚，放掉了今日的沾露茶香，真有一种说不出的遗憾。

普洱的茶山，确实值得向往，即便不是这个季节。我一直在世界各地漫游，深知目前普洱市的自然生态环境，已达到国际一流水准。

何谓国际一流水准？那就是用现代人历尽歧路后终于明白了的智慧，小心翼翼地保护并营造了远古时代地球生态未被破坏前的原始状态，同时使之更健康、更科学、更美观。那种丰富、多元、共济、互克、饱满、平衡的自然奇迹，其实也是人类与自然谈判几千年后最终要追求的目标。首尾相衔的一个大圆圈，画出了人类的宏大宿命。为此，我常去普洱，把它当作一个课堂，有关哲学、人类学和未来学。

于是，一杯普洱茶，也就在陈酽、暖润之中，包含着人与自然间的幽幽至义。

经常有朋友在茶桌前郑重地说一声，今天，请喝五十年的老茶。

普洱茶六大茶山，一般指古茶山。以澜沧江为界，分为澜沧江内六大茶山：攸乐、革登、倚邦、莽枝、蛮砖、漫撒或易武、倚邦、攸乐（基诺）、漫撒、蛮砖和革登；江外六大茶山：南糯、南峤、勐宋、景迈、布朗、巴达。

我则在心里说，其实，这是五千、五万年的事儿。喝上一口，便进入了一个生态循环的大轮盘。在这种大轮盘中，人的生命显得非常质感又非常宏观，非常渺小又非常伟大。

　　我已与妻子商量好，每年新茶采收季节，应该凭借着我们对普洱茶的鉴识能力，会同其他专家，以最严格的标准选购一些好品种收藏起来。我们夫妻还可以设计一个新的品号，随名字，就叫"兰雨一品"吧。她在这个领域的位置比我高，应该放在前面。还会有一种最简单的纸质包装，上面要慎重地盖上我们两人的印章。

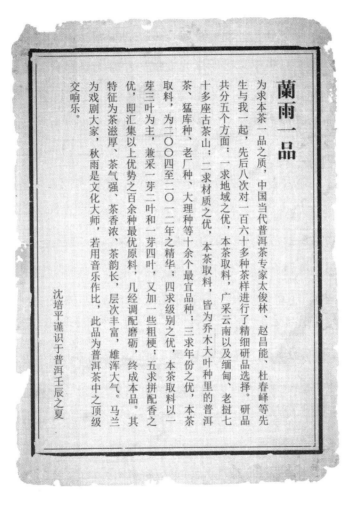

蘭雨一品

为求本茶一品之质，中国当代普洱茶专家太俊林、赵昌能、杜春峰等先生与我一起，先后八次对一百六十多种茶样进行了精细研品选择。研品共分五个方面：一求地域之优，本茶取料，广采云南以及缅甸、老挝七十多座古茶山；二求材质之优，本茶取料，皆为乔木大叶种里的普洱茶、猛库种、老厂种、大理种等十余个最宜品种；三求年份之优，本茶取料，为二〇〇四至二〇一二年之精华；四求级别之优，本茶取料以一芽三叶为主，兼采一芽二叶和一芽四叶，又加一些粗梗；五求拼配香之优，即汇集以上优势之百余个种最优原料，几经调配磨砺，终成本品。其特征为茶滋厚、茶气强、茶香浓、茶韵长，层次丰富，雄浑大气。马兰为戏剧大家，秋雨是文化大师，若用音乐作比，此品为普洱茶中之顶级交响乐。

沈培平谨识于普洱壬辰之夏

当代普洱茶之大票示例

这么一想，就很高兴。这年月，老茶已经收不到，也存不起了。对于每年的新茶，我们虽然可以选得很精，但还是没有能力多收。我们只想把自己的眼光变成一小堆物态存在，然后守着它们，慢慢等待。等待它们由青涩走向健硕，走向沉着，走向平和，走向慈爱，最后，走向丝竹俱全的口中交响，却又吞咽得百曲皆忘。

具体目的，当然是到时候自己喝，送朋友们喝。但最大的享受是使人生多了一份惦念。这种惦念牵连着贮存处的一个角落，再由这个角落牵连南方的连绵群山。这一来，那一小堆存茶也就成了一种媒介，把我们和自然连在一起了，连得可触可摸、可看可闻、可感可信。说大了，这也就从一个角度，体验了"天人合一"的人格模式和文化模式。

这种人格模式和文化模式，暂时还只属于中国。我在以前的两本书里提到，改变中国近代史的"鸦片战争"，其实是"茶叶战争"。英国人喝中国茶上了瘾，每家每人离不开，由此产生了贸易逆差，只能靠贩毒来抵账。我又说了，他们引进了茶却无法引进茶中诗意，滤掉了茶叶间渗透的中国文化，这或许也是他们的文化自卫。但是，这些与炮火沧海连在一起的茶，基本上都不是普洱茶。普洱茶的文化，在空间和时间上更稳健、更着地、更深厚、更悠长。因此，在中国文化开始从"文本文化"转向"生态文化"的今天，它也就成了一种重要的文化标志。

在这个意义上，一个地道中国人的安适晚年，应该有普洱茶伴随。

我是谁？我从哪里来？又到哪里去？——喝一口便知。

2012 年春

昆曲纵论

前　言

二十二年前，白先勇先生邀请我到台湾发表一个有关昆曲的系统演讲。这是大陆文化人首次访台，一路上披荆斩棘。香港当时还没有回归，设在罗湖的入境口岸发现我是要"过境"去台湾，上上下下联系了十个小时。进了香港，再找台湾在那里的办事处，正逢假期，要等好几天。好不容易到了台湾，我成了一个被远近打量、被看管保护的"外星人"。连白先勇先生来见我，也要借一个"特邀记者采访"的名义。

我在演讲中，通过国际比较和历史比较，判定昆曲是中国古典戏剧中的"最高范型"，也就是"戏中极品"，这让台湾的同行很吃惊。他们对我非常热情，但我心里明白，真正赞同我这一观点的，当时只有白先勇先生一人。台湾的戏曲领域不大，官方曾经主推京剧，民间一直主推歌仔戏，对昆曲，还很陌生。尽管如此，恰恰是这个陌生的古老剧种，接通了阔别多年的烟波海峡。当时赶到台湾来听我演讲的，还有不少美国和东南亚的华人。

我的这个演讲，后来又在两个国际学术会议上发表过，对昆曲终于入选世界非物质文化遗产目录，起到过一些作用。因此，当联合国世界遗产大会借昆曲入选而在苏州召开，还特地邀请我书写碑文，镌刻纪念。我的那份演讲稿，也被北京文化主管部门选作《论昆曲艺术》一书的"代序"，该书收集了有关这一课题的几乎所有重要论文。

可见，白先勇先生的那次邀请，实在是打开了一扇不小的门。那么，追根溯源，白先勇先生为什么邀请我去台湾演讲呢？那就说来话长了。

早在二十世纪八十年代，大陆著名导演胡伟民先生排演白先勇先生写的话剧《游园惊梦》，由昆曲名家华文漪女士主演，由俞振飞先生任昆曲顾问，由我任文学顾问。白先勇先生也因此抵达大陆，认识了我，并读到了我的学术专著《中国戏剧史》。正是这部著作，促成了他对我的邀请。

二十几年来我与白先勇先生的交往已经远远不止昆曲了，但昆曲还是其间一条最坚韧的陈年纽带。他在亲自策划青春版《牡丹亭》演出之初，那个寒冷的冬夜，在苏州昆剧院，他一个个地挑选演员，我和妻子陪在他身边。后来，青春版《牡丹亭》名扬遐迩，我有幸一直担任阐释者，在香港发布会上，在北京大学，我都与白先勇先生同台作了对话性的讲述。我们眼前，全是年轻人。

这个经历证明，在当代，严选古代文化极品，在最高层次上进行"创建性保护"是有可能的。同时，也从反面证明了，这么多年来大陆戏曲界试图"振兴"各种老剧种的努力终究被年轻一代彻底冷落，是有原因的。

——有了这番闲谈式的开头，我们就可以进入正题了。

一

正题，要从文化人类学的大背景上开启。

人类早期，有很多难解的奇迹。例如，为什么滋生于地球不同角落又没有任何往来的人群，许多精细的生理指数却完全相同？

说到文化上，各大文明之间语言文字并不相同，却为什么在未曾交流的情况下不谋而合地产生了几大基本艺术门类，例如音乐、舞蹈、绘画、雕塑？

面对这些不谋而合的奇迹，一个触目的缺口出现了。各门类艺术的融合，水到渠成地产生了戏剧。戏剧一旦产生，必然成为重大的社会兴奋点，结果我们看到，古希腊悲剧在公元前五世纪已进入了黄金时代。到公元一世纪至二世纪，印度戏剧也充分成熟。但奇怪的是，为什么中国文化什么都不缺，却独独缺了戏剧，而且缺了很久？

对于这件事，我曾反复表达一种巨大的文化遗嘱：居然，孔子、孟子没看过戏，曹操、司马迁没看过戏，而且连李白、杜甫、白居易、王维也没看过戏！

真正有模有样的中国戏剧，到十三世纪才姗姗来迟，这比希腊悲剧晚了一千八百年，比印度梵剧也晚了一千一百年，实在晚得有点离谱了。

为什么中华文化在自己极为灿烂辉煌的漫长历史中，竟与戏剧无缘？一定有一种特殊的消解机制在起作用，这种消解机制来自何方？是属于中华文化自身，还是属于中华文化之外？

——这些问题，不属于一般戏剧史家的研究范围。因为出于专业分工，他们没有必要去钻研戏剧尚未产生之前的文化土壤，而且这种钻研要动用的思维资源又非常广阔。但是，这恰恰是我最感兴趣的问题。我所写的《中国戏剧史》，就在这方面花费了很多笔墨。

由于中国戏剧晚起的原因远不在艺术样式上，而在文化心理上，因此我比较仔细地研究了"戏剧美"的因子在中华民族集体心理走势中的粘着和进退状态。白先勇先生评论我的《中国戏剧史》在思维资源上立足于二十世纪初在欧洲兴起的文化人类学，真是极有眼光。我认为，以前一些学者根据古籍中点点滴滴记载便论定某种"疑似戏剧"可能已经出现在较早的历史时期，意义不大，因为戏剧不是一种私家秘箧，不是一种地下文物，而是大众文化，社会公器，它的历史应该是敞亮的，多证的。我把它拉到公共空间和集体心理之间来考察，是一种文化观念的转变。

这次我不想细细讨论这些复杂的问题了，而是只希望大家注意一个事实：由于晚起了一千多年，中华文化中所积贮的戏剧审美能量已经足够。因此，一旦爆发的气势便颇为壮观。

这场爆发，主要体现在元杂剧上。

二

斯文浓郁的北宋和南宋，先后在眼泪和愤恨中湮灭了。岳飞、文天祥等等壮士都没有能够抵挡住北方铁骑。在他们的预想中，一切已有的文化现场都将是枯木衰草，大漠荒荒。因此，说到底，他们的勇敢，是一种文化勇敢，他们的气节，是一种文化气节。

但是，事情的发展和他们的预想并不相同。中华文化并没有被北方铁骑踏碎，相反，倒是产生了某种愉快或不愉快的交融。宋代文化越来越浓的皇家气息、官场意识、兴亡观念被彻底突破，文化，从野地里，从石缝间，从巷陌中，找到了生命的新天地。而且，另有一番朝廷文化所没有的健康力量。更重要的是，这种突破不仅仅是针对宋代文化，而且还针对着中华文化自古以来某些越来越规范的"超稳定结构"，包括不利于戏剧产生的一系列机制。

蒙古族的统治者基本上读不懂汉文，而且他们一时也不屑于懂。马背上取得的铁血优势，使他们在文化上也表现出强势的颠覆性。很快，千年儒学传统及其一系列体制架构全都失去了地位。

例如，在精神层面上，儒家所倡导的和、节、平、适、衷、敬等等社会理想被冲破，而这些社会理想恰恰是与戏剧的美学精神完全相反。我在《中国戏剧史》中曾经引述了《吕氏春秋》中提出的儒家审美基调，然后指出这种审美基调是"非戏剧精神"。

宋金时代砖刻中的早期演剧舞台

宋金时代砖刻中的早期戏剧人物

我是这样写的——

《吕氏春秋》说："太巨太小，太清太浊，皆非适也。何谓适？衷，音之适也。何谓衷？大不出钧，重不过石，小大轻重之衷也。"

这当然是一种醇美甘冽的艺术享受，但是只要想一想希腊悲剧中那种撕肝裂胆的呼号，怒不可遏的诅咒，惊心动魄的遭遇，扣人心弦的故事，我们就不难发现，这种以儒家理想为主干的艺术精神，是一种"非戏剧精神"。

……

据记载，孔子本人，曾对"旌旄羽袚矛戟剑拔鼓噪而至"的武舞，以及"优倡侏儒为戏"，都表示了极大的不满……

直到宋代大儒朱熹，对当时大量寄寓于傀儡戏中的戏剧美也保持了警惕，他于南宋昭熙年间任漳州郡守时曾发布过《郡守朱子谕》，其中有言："约束城市乡村，不得以禳灾祈福为名，敛掠财物，装弄傀儡。"

也正为此，中国戏剧集中地成熟于"道统沦微"的年代。

《中国戏剧史》第一章：《邈远的追索》

这就是说，一直要等到元代，儒家的"非戏剧精神"与儒家本身一起沦微了，"戏剧精神"也就一下子充溢大地。

与精神层面相关，在行为模式上，儒家虽然排斥作为艺术的戏剧，却喜欢在生活中作礼仪化的"扮演"。古代中国人，由于自己天天在生活中"演戏"，因此也就懒得去张罗另一种舞台。到了元代，种种礼仪整体涣散，生活突然变得无序、无靠、失范、失阶，人们已经很难在剧烈动荡中"互为观众"，因此也都不再有意无意地摆谱、设台、作秀了，更愿意以芥末之身钻进勾栏里看另一番装扮，另一种生活。这也成了戏剧勃兴的原因。

在勾栏里，本来活跃的是滑稽表演、杂技表演和魔术表演。在儒家主流文化排斥戏剧冲突，一味标榜和谐的时代，只能让戏剧陷于滑稽、杂技和魔术，但元代很快改变了这种状态，这与艺术队伍的改变有关。原来只想通过科举考试而做官的书生们发觉这条路已被阻断，却又别无谋生长技，就一一撤步到勾栏、瓦舍之间来帮助策划更好的演出了。这一下可不得了，一大批真正的戏剧作家就此面世，关汉卿、王实甫、马致远、白朴、纪君祥、郑光祖等等名字快速走进了中国戏剧史、中国文学史、中国艺术史。

于是，戏剧，不仅在社会的精神层面和行为模式上具备了繁荣的背景，而且也拥有了足够的创作人才。元杂剧的灿烂惊世，也就不奇怪了。

关汉卿画像（李斛画）

杂剧石刻

元壁画中的戏剧演出

三

对于中国戏剧，我最愿意讲解的是元杂剧。原因是，这座峭然耸立的高峰实在太巍峨、太险峻了，永远看不厌、谈不完。但是，我在这篇文章中必须刻意违避，因为我今天的目标是昆曲。元杂剧只是导向昆曲的辉煌过道，只能硬着心肠穿过它，不看，不想，不说。等到要说昆曲，它的路也已大致走完了。

像人一样，一种艺术的结束状态决定它的高下尊卑。元杂剧的结束状态是值得尊敬的，我在《中国文脉》一书中曾经充满感情地描述过它"轰然倒地的壮美声响"。其实，它在繁荣几十年后坦然地当众枯萎，有几方面的原因。譬如，传播地域扩大后的水土不服；随着时间推移社会激情和艺术激情的重大消褪；作为一个"爆发式"艺术在耗尽精力后的整体老化，等等。

再重要的艺术，也无法抵拒生命的起承转合。不死的生命不叫生命，不枯的花草不是花草。中国戏剧可以晚来一千多年，一旦来了却也明白生命的规则。该勃发时勃发，该慈祥时慈祥，该苍老时苍老，该谢世时谢世。这反而证明，真的活过了。

元杂剧所展现的这种短暂而壮丽的生命哲学，被我称之为"达观艺术生态学"。我为什么对此感触良深？因为在现实生活中看到了太多早该结束生命却还长久懒着不走的戏剧群落。老是在亢奋回忆，老是在夸张往昔，老是在呼吁振兴，老是在自称经典，老是在玩耍改革，老是在寻找寄寓，老是在期待输血……

其实，哪怕是呼吁"振兴唐诗、宋词"，也是荒唐可笑的。

这种试图脱离正常生命轨道的艺术群落，很容易让部分不懂文化大道的民众和官员上当，结果呼吁越来越响，输血越来越多，危机越来越重。大家不妨设想一下，如果一座城市满街都是挂着氧气罐、输液瓶的耄耋病人，这座城市的文化景观难道就"厚重"了吗？

民众的"文化心理空间"历来不大，应该让给新时代的创造者和参与者。在这个意义上说，"达观艺术生态学"，也体现了一种面向未来的文化道德。

正是元杂剧的"达观"，才有昆曲的兴盛。

元杂剧可以有一千个理由看不起昆曲。但它，还是拂袖躬身，通脱让位了。

年轻的昆曲虽然独具风光，志满意得，但毕竟未忘元杂剧的滋育辈分。正犹豫是否要回头照顾，却看到了身后老者飘然离开的身影。老者走得那么干净爽利，直到今天，我们甚至还不知道元杂剧在唱腔和表演上的具体情况。它不想以自己的身份给后继者带来任何纠缠和麻烦。

好，那就让我们依依不舍地转过头去，看看新兴的昆曲吧。

四

昆曲属于"传奇"系统，它的血缘，产生得比元杂剧还早一些。很长时间内统称南戏，产生地较多地集中在我家乡浙江，主要在温州、黄岩、嘉兴、余姚、慈溪一带。但是由于前面所说的"非戏剧精神"的影响，并未形成声势，更没有引起文化目光的关注，后来更因北方元杂剧的风光独占，便更黯淡了。但它一直悄悄地存在着，依附于大地，依附于民间，直到元杂剧衰退，它就有了新的空间，新的面貌。

历史上很多学者都以为，这种传奇是从元杂剧脱胎而来的，而不知道它自有南方基因。我觉得吕天成的《曲品》，沈德符的《顾曲杂言》、王骥德的《曲律》，沈宠绥的《度曲须知》在这个问题上都搞错了，日本学者青木正儿也跟着他们错。比较可以相信的，倒是祝允明、徐渭、何良俊、叶子奇等人的论述。对此，我在《中国戏剧史》第五章第二节的一个注释中专门作了说明。

传奇中出了一些不错的剧目，例如《荆钗记》、《白兔记》、《拜月亭》、《杀狗记》、《琵琶记》，但它们似乎都在为一个重大的变动做铺垫。

中国戏剧史终于产生了一个新的里程碑，是昆腔的改革。

是的，新的里程碑不是剧本，不是题材，不是人物，而是唱腔。在中国传统戏剧中，戏曲音乐、演唱方式、唱腔曲调，起着至关

明刻本《琵琶记》插图

重要的作用，因此也是改革的关键。

中国戏剧史的研究者，多是文人，他们的着力点，往往是剧本，以及时代背景、意识形态之类。其实，决定一个剧种的存废兴衰的，主要是它的音乐，特别是唱腔曲调。这在当代艺术中最能说明问题，一种歌曲演唱为什么能风靡远近，疯狂民众，甚至把年轻的歌手奉为"天王"、"天后"？第一元素就是唱腔曲调，而不是唱词文本。现今各地的"戏曲改革"为什么几乎没有成果？原因是很多从业者把主要精力放在剧本、题材、导演、舞台美术上，而独独没有在唱腔曲调上有大作为。令人耳腻的唱腔曲调，即便是唱着最时髦、最重要的内容，又怎么能吸引观众？"一声即钩耳朵，四句席卷全城"，才是戏曲改革的必需情景。

那就说回去。当年传奇和杂剧的兴衰进退，其实也是"南曲"、"南音"与"北曲"、"北音"之间的较量。

伟大的元杂剧所裹卷的"北曲"、"北音"为什么日趋衰落？除了水土不服的地域性因素外，在整体上也开始被厌倦。越是伟大越容易被厌倦，原因是传播既强，倾听既多，仰望既久，自然碰撞到了观众审美心理的边界。审美心理的重大秘诀之一是必须"被调节"，不调节，再伟大的对象也会面对抱歉转移的眼神。于是，"南曲"、"南音"就此渐渐获得了新的生命机遇。

"南曲"、"南音"中，原有一些地方性声腔，如弋阳腔、余姚腔、海盐腔、昆山腔等等。相比之下，昆山腔流传地区最小，但最为好听。怎么好听？徐渭在《南词叙录》中用了四个字：流丽悠远。

但是，民间流传的声腔再好听，要成就大事，还必须等待大音乐家的出现。

这个大音乐家，就是魏良辅。对于他的生平，我们知之甚少，连《辞海》中也没有记载他的生卒年份。从种种零星史料的互相参证中约略可知，他大概生于十六世纪初年，是一个高寿之人，活了八十多岁。他在六十岁左右已成为曲界领袖，昆腔改革的发韧者和代表者。

原籍豫章，也就是现在的江西南昌，长期居住在江苏太仓。太仓离昆山很近，现在同属苏州市。从记载看，他本人有高妙的唱曲技巧，达到了"转音若丝"的精妙程度。但更重要的是，他身边有一大批唱曲追随者，如张小泉、季敬坡、戴梅川、包郎郎等，能把他的唱曲技巧学得很到家。但他本人还不满足，觉得自己不如另一位唱曲者过云适，只要有了新的心得和创意，一定前去请教，一直要等到过云适认可了才回来。他一次次去得很勤，从来不觉得厌倦。因此，他曲艺大进。当时昆山也有一个优秀的唱曲者陆九畴，想与魏良辅比赛一下，但一比，就自认应排位于魏良辅之下。

魏良辅不同于当时一般唱曲者的地方，就在于他对南曲毛病的发现。他认为，南曲过于平直简陋，缺少意味和韵致，因此就尽情发挥音律的疾徐、高下、清浊，使之婉转、协调、匀称。沈宠绥在《度曲须知》中说他"功深熔琢，气无烟火，启口轻圆，收音纯细"。我们虽未听到，却不难想象他已经超越了南曲的土朴状态，进入了精致境界。

在这过程中，他虚心地向北曲、北音学习。其中，北方人王友山的唱曲，对他刺激很大，把自己关在房子里很久，进一步雕缕南曲。正在这时，一个年轻人出现了。

五

这个年轻人叫张野塘，寿州人，因为犯事，发配到江苏太仓。他一定是一个快乐的人，即便是发配远行，也带着唱曲时伴奏的弦索。

说到北方弦索，就要先介绍一下南曲原来的伴奏乐器了。说来惭愧，原来很多南曲的伴奏比较简陋，主要是锣鼓。也用人工帮腔、接腔，起到衬托的作用。因此，当张野塘弹起随身带着的弦索唱北曲时，把太仓人都惊住了，笑他唱得怪异，弹得怪异。

那天，魏良辅听到了张野塘唱曲。到底是内行，一听就停住了脚步。魏良辅拉着张野塘，让他整整唱了三天。听完，赞口不绝，两人就成了忘年之交。

当时魏良辅已年过半百，家里有一个出色女儿，也善于唱曲，附近很多贵公子争相求婚，都未成，没想到，最后竟嫁给了这位身上还有罪名的张野塘。这是魏良辅的主意，还是女儿自己的主意？都有可能。我想，这是日夜切磋唱腔所结下的姻缘。于是，这一家三个唱曲家，便成了昆曲改革的最佳组合。

张野塘自然也学了南曲，并让弦索来适应南曲，改造弦索而成"弦子"。在这之后，杨仲修把弦子改为提琴。张梅谷喜欢洞箫，谢林泉则以管从曲。另有陈梦萱、顾渭滨、吕起渭等人，一时都以箫管著名。除箫管外，筝与琵琶也一一加入。这样一来，乐器磨砺着腔曲，腔曲带动着乐器，越磨越细，越带越顺，真可谓相得益彰，达到了昆腔改革的理想状态。

这一些活动，都以魏良辅为中心。因此，我对魏良辅的评价甚高。多年前，每次招收戏剧学的博士生，我总喜欢出一个考题，问昆腔改革的领袖名字。有一次，一位考生只记其姓而忘了其名，只写"老魏"两字。我在考卷上快乐地批写道："感谢你叫他叫得那么亲切。"

六

昆腔改革毕竟是一种戏曲改革，因此，还需要通过一个戏剧范例来集中检阅。

这个范例，首推梁辰鱼的《浣纱记》。

梁辰鱼，昆山人，比魏良辅小了一辈，差二十岁左右。徐朔方先生考定他的生卒年，为一五一九年至一五九一年。

梁辰鱼在当时，是一位名声显赫的"达人"。身材高大，模样俊朗，留着好看胡子。他是官宦子弟，却不屑科举。富于收藏，喜游好醉，结交高人。连南京刑部尚书王世贞、抗倭名将戚继光，也曾到他家做客。当然，他的主要身份是戏曲音乐家，深得魏良辅真传，善于唱曲，又乐于授徒。远近唱曲者如果没拜会过他，就会觉得没有面子。

梁辰鱼完成《浣纱记》的创作，大概在一五六六年至一五七一年之间，那时他五十岁左右，而魏良辅已是古稀之年。魏良辅领导昆腔改革的成果，在这部戏里获得了充分的体现。甚至可以说，在这部戏里，人们看到了"完成状态"和"完整状态"的新昆腔。

剧本的文学等级也不错。虽然凌濛初、吕天成等人对这个戏有苛刻的批评，我却很难同意。例如我此刻随手翻到的两段唱词就读得很顺口，那是西施和范蠡的对唱——

明刻本《浣纱记》及插图

怡雲閣浣紗記上卷

第一齣

江林橋近末佳客難逢重遇勝遊不門連夜月聯臺館春風

卯簾攏何暇談名說利漫自倚華惟紅詩看換羽移宮世

廢酒杯中○驥足悲伏櫪鴻翼困樊籠試尋往古傷心全

寄詞鋒問何人作此平生慷慨負新吳市梁伯龍間內科

借問後房子弟今日搬演誰家族事那本傳奇內應

今日搬演一本范蠡謀王圖霸勾踐後越七吳伍符相

靈東海西子扁舟五湖末原來此本傳奇待小子略道

家門便見戲文大意

西施：秋江渡处，落叶冷飕飕。何日重归到渡头。遥看孤雁下汀洲，他啾啾。想亦为死别生离。正值三秋。

范蠡：片帆北去，愁杀是扁舟。自料分飞应不久。你苏台高处莫登楼，怕凝眸。望不断满目家山，叠叠离愁。

看得出，作者是能唱曲的，而且颇得元曲中马致远、白朴等人的遣词造句功夫。这类词句，在中国古诗文中不难看到，但对南曲而言却是一个标志，说明土朴俚陋的整体风格已不复存在。今后昆腔的词句，反而由此走向另一个极端，常常陷于过分的工丽典雅。

无疑，梁辰鱼也应列入昆剧改革主要代表人物的名单，而且紧随魏良辅之后。

唱腔一旦进入《浣纱记》这样的戏，要求就比一般的"清唱"全面得多了。除了在演唱上要更加小心翼翼地讲究出声、运气、行腔、收声、归韵的"吞吐之法"外，还要关注念白，这是一般的"清唱"所不需要的。

念白也要把持抑扬顿挫的音乐性，还要应顺剧本中角色的情境来设定语气。当然，更复杂的是做功，手、眼、身、步各自法度，即便最自如的演员也要"从心所欲不逾矩"，懂得在一系列程式中取得自由。

与此相关，服装和脸谱也得跟上，使观众立即能够辨识却又惊叹所有创新。种种角色分为五个行当，又叫"部色"、"家门"。在五个行当之下，再分二十来个"细家门"。

总之，舞台与观众之间，订立了一种完整的契约，并由此证明演出的完整性和成熟度。

这样的昆曲演出，收纳了元杂剧没有完全征服的一大片南方山河。南方山河中，原来看不起南曲、南音之俗的大批文人、学士，也看到了一种让他们身心熨贴的雅致，便一一侧耳静听，并撩起袍衫急步走进。

南方的文人、学士多出显达之家，他们对昆曲的投入，具有极大的社会传染性。在文化活动荒寂的岁月，这种社会传染性也就自然掀起了规模可观的趋附热潮。而更重要的是，昆腔的音乐确实好听。

请设想一下当时民众的集体感觉吧。那么悦耳的音乐唱腔，从来没有听到过，却似乎又出自脚下的大地，众人的心底，一点儿也不隔阂，连自己也想张口哼唱；一哼唱又那么新鲜，收纵、顿挫、徐疾都出神入化，几乎时时都粘在喉间心间，时时都想一吐为快；更何况，如此演唱盛事，竟有那么多高雅之士在主持，那么多演唱高手在示范，如不投入，就成了落伍、离群、悖时、逆世。

如果把事情推得更远一点，那么，几千年来一直不倡导纵情

明代江南民间演出图

歌舞的汉族君子风习，一下子获得了释放。一释放，很多君子才发现自己原来也有不错的歌舞天赋。于是，引吭一曲，其实也是找回自我、充实自我、完成自我。

因此，理所当然，昆腔火了，昆曲火了，而且大火特火，几乎燎烧了半个中国的审美莽原，燎烧了很久很久。

多久？居然，二百多年。

这二百多年，突破了中国文人的审美矜持，改写了中国人的集体风貌。中国文化，在咿咿呀呀中，进行了一种历史自嘲。

七

古今中外的大艺术家可以分为两类，一类是开启型的，一类是归结型的。两者的最大区别是：他们的事业在他们去世之后，是更加热闹了，还是走向了沉寂？

魏良辅、梁辰鱼是典型的开启型大艺术家。他们两人虽然也有某种归结性质，但只要看看他们身后，就知道他们的归结全然是为了开启，而且是一种大开大启。

魏良辅大约是在万历十二年（即公元一五八四年）去世的，梁辰鱼大约是在万历十九年（即公元一五九一年）去世的。简单说来，他们离开的时候，万历时代开始不久，而十六世纪接近尾声。那几年，可以看成昆曲艺术的一个重大拐点。在这之前，即嘉靖、隆庆年间，昆曲已盛；而在这之后，昆曲将出现一种惊世骇俗的繁荣。

在魏良辅、梁辰鱼的晚年，即万历初年，仅苏州一地，专业昆曲艺人已多达数千名。按照当时的人口比例，这个数字已经非同小可。但是，后来发生的事，是连魏良辅、梁辰鱼也想不到的了。

后来发生的事，主要不在艺人，而在观众。人类戏剧史上的任何一个奇迹，表面上全然出于艺人，其实应更多地归功于观众。如果没有波涌浪卷的观众集合，那么，再好的艺术家也只能是寂寞的岸边怪石，形不成浩荡的景观。据记载，当时杭州一个戏班的昆曲演出，曾出现过"万余人齐声呐喊"的场面，而苏州的某些昆曲演出，几乎到了"通国若狂"的地步。

写到"通国若狂"这四个字时我忍不住哑然失笑，因为想起了几年前的一件趣事。我在一本论昆曲的学术著作《笛声何处》中，引述了这个记载，其中也有"通国若狂"四个字，就遭来两位著名的"咬文嚼字专家"的大批判。他们在很多报刊上发表文章说，昆山秦时称娄，因此若有剧曲，应名"娄曲"。所谓昆曲，更可能是昆明郊区的田间小曲。昆明当时地处边远，怎么可能凭着田间小曲而造成"全中国人民的疯狂"？因此他们断言，这是署名为袁宏道、张岱、陆文衡这些不懂古籍的七〇后小报记者的夸张说法。他们讥讽我随手引用，有失学术身份。

这样的批判文章近年来已成中国文科的学术主流，其实是不必理会的。但是，我指导的一位博士研究生太老实，写了一篇文章去反驳，说按照中国古代语文，"国"字在这里是指某一地区，某一乡土，而不是指"全中国人民"。同时，他还在文章中注明了袁宏道、张岱、陆文衡等人生活的年代。我连忙阻止他去反驳，因为一反驳，把自己也大大降低了。

我对博士研究生说，与其去看今天报刊间的胡言乱语，还不如去读古人留下的日记。

"日记？"博士研究生很想知道我的兴趣点。

"祁彪佳的日记。"我说。

祁彪佳，是朝廷御史，在明代崇祯年间曾巡按苏松。从他偶尔留下的一本日记中可以发现，当时很大一批京官，似乎永远在赴宴，有宴必看戏，成了一种生活礼仪。你看，此刻我正翻到一六三二年三个月的部分行踪记录，摘几段——

五月十一日，赴周家定招，观《双红》剧。

五月十二日，赴刘日都席，观《宫花》剧。

六月二十一日，赴田康侯席，观《紫钗》剧至夜分乃散。

六月二十七日，赴张濬之席，观《琵琶记》。

六月二十九日，同吴俭育作主，仅邀曹大来、沈宪中二客观《玉盒》剧。

七月初二，晚赴李金峨席，观《回文》剧。

七月初三，赴李佩南席，观《彩笺记》及《一文钱》剧。

七月十五日，晚，邀呦仲兄代作主，予随赴之，观《宝剑记》。

再翻下去，发觉八月份之后看戏看得更勤了，所记剧目也密密麻麻，很少重复。由于太多，我也就懒得抄下去了。

请注意，这是在北京，偌大一个官场，已经如此绵密地渗进了昆曲、昆腔的旋律，日日不可分离。这种情况，就连很爱看戏的古希腊、古罗马政坛，也完全望尘莫及了。

北京是如此，天津也差不多。自然更不必说本是昆曲重镇的苏州、扬州、南京、杭州、上海了。

其实，对当时的昆曲演出来说，官场只是一部分，更广泛的流行是在民间。这就需要有足够数量不同等级的戏班子可供选、调度了。从明代万历年间开始，中国南北社会的戏剧活动，已经繁荣到了今天难以想象的地步。这中间，包括戏剧信息的沟通、演出中介的串络、演出行规的制定、剧作唱腔的互惠、艺人流动的伦理……非常复杂。

粗粗说来，昆曲的戏班子分上、下两个等级。属于上等的戏班子大多活跃在城市，在同行中有一定名望，因此叫做"上班"、"名部"。我上面引用的日记中所反映的那些观剧活动，大多由这样的戏班子承担。有些巨商、地主、富豪之家在作寿、宴客、谢神时，也会请来这些戏班子。演出的地点，多数在家里，但也可能在别墅。

我曾读到过明代一些"严谨醇儒"的"家教"，他们坚决反对在家里演戏，甚至立了苛刻的"家法"，但又规定，如果长辈要看戏，可把戏班子请到别墅里去，或向朋友借一个别墅演戏。由此可见，长辈们虽然训导出了端方拘禁的儿孙，但自己年纪一大，倒是向着流行娱乐放松了身段，成了家庭里的"时尚先锋"。这对儿孙来说，又呈了另一部更重要的"家法"，因为"百善孝为先"。这情景，细想起来有点幽默。不过，这种进退维谷的家庭的比例，在当时也正快速缩小，渐渐所余无几。越来越多的家庭对看戏已经没有什么障碍了。于是，中国十六、十七世纪的社会意识形态，也就在昆腔昆曲的悠扬声中发生了微妙的变化。

顺便，我们也知道了，当时这些城里的有钱人家在正式府邸之外建造"同城别墅"的原因。至少，是原因之一吧。

除了在家里或别墅里演出外，明代更普遍的是在"公共空间"演出。公共空间的演出，分固定和不固定两种。

公共空间的固定演出，较多地出现在庙会上。庙中有戏台，可称"庙台"。在节庆、拜神、祭典、赶集时到庙台看戏，长期以来一直是广大农村主要文化生活。我们现在到各处农村考察，还能经常看到这类庙台遗址。

明人画中的戏剧人物

除了庙台，各种会馆中的戏台也是固定的。会馆有不同种类，有宗族会馆，也有在异地招待同乡行脚的商旅会馆。例如，我曾在其他著述中研究过的苏州三山会馆，那在万历年间就存在了。

比固定演出更丰富、更精采的，是临时和半临时性的不固定演出。这种演出的舞台，是临时搭建的。虽为临时，也可以搭建得非常讲究。一般是，选一通衢平地，木板搭台，平顶布棚。更多地方是以席棚替代布棚，前台卷翻成一定角度，后台则是平顶。这种舞台很像后来在西方突破"第四堵墙"之后流行的"伸出型舞台"和"中心舞台"，观众从三面围着舞台看戏。

更有趣的是，其时风气初开，妇女家眷来到公共空间看戏，与礼教相违，但又忍不住想看，因此专门搭建了"女台"，男士不准进入。有的地方，"女台"就是指有座位的位置，其他位置不设座。不过这事毕竟有点勉强，在摩肩接踵的人群聚集地，为了性别，让丈夫与妻子分开看戏，让老母和孝子也硬行区割，反而不便。因此，女台越搭越少了。

最麻烦的是，城里一些重要的临时搭建舞台还要为很多技艺表演提供条件。例如张岱在《陶庵梦忆》里写到的"翻桌翻样、觔斗蜻蜓、蹬坛蹬臼、跳索跳圈、窜火窜剑"之类，都是高难度的特技。中国戏剧的演出，历来不拒绝穿插特技来调节气氛，因此搭建这种舞台很不容易，需要有一批最懂行的师傅与戏班子中的艺人细细切磋才成。

明人画《南都繁会景物图卷》局部

当然，如果在农村，临时搭建的舞台就可以很简单了。

我本人对明代的昆曲演出，最感兴趣的是江南水乡与船舫有关的几种演出活动。我认为，它们完全可以成为人类戏剧学的特例教材。

第一种，戏台搭在水边，甚至部分伸入水中，观众可以在岸上看，也可以在船上看。当时船楫是江南最重要的交通工具，船上看戏，来往方便，也可自如地安顿女眷，又可舒适地饮食坐卧。这情景，有点像现在西方的"露天汽车电影院"，但诗化风光则远胜百倍。

第二种，建造巨型楼船演戏，吸引无数小船前来观看。由于巨型楼船也在水中，一会儿可以辉映明月星云，一会儿可以随风浪摆动，一会儿又可以呈现真实的雨中景象。因此，在小船上看戏，称得上是一种"天人合一"的至高享受。

第三种，也是在船上看戏，但规模不大，非常自由。戏船周围是一些可供雇用的小船，观众主要在岸上看戏。有趣的是，如果演得不好，岸上的观众可以向戏船投掷东西来表达不满，于是一船退去，另一船又上来。岸上观众投掷东西时，围在戏船边的小船也可能遭到牵累。这是由观众强力介入演出的动态景象，我想不起在世界其他地方的戏剧活动中出现过。

八

与历史上其他剧种更不同的是，昆曲还有一个庞大的清唱背景。

在很长时间内，社会各阶层的不同人群，大批大批地陷入了昆曲清唱的痴迷，而且痴迷得不可思议。这种全民性的流行，与昆曲演出内外呼应，表里互济，构成一种宏大的文化现象，让昆曲更繁荣、更普及了。

清唱不算戏剧演出，任何人不分年龄、不分职业、不分贫富都能随时参与。令人惊讶的是，这种本来很散落的个人化活动，居然在苏州自发地聚合成一种全国性大赛，一种全民性汇演，到场民众极多，展现规模极大，延续时间极长，那就是名声赫赫的"虎丘山中秋曲会"。

虎丘山中秋曲会是人类音乐史上的奇迹，也显现了昆曲艺术有着何等强大的社会文化背景。

因为重要，我不能不再度麻烦被"咬文嚼字专家"当作"小报记者"的袁宏道、张岱等老前辈了，因为他们的遗文，最详细地纪录了虎丘山中秋曲会的实际情景，我要比较完整地引用。

袁宏道是这样记述的——

> 每至是日，倾城阖户，连臂而至。衣冠士女，下迨蔀屋，

蘇州千
人石

苏州虎丘千人石，明代一年一度的"虎丘曲会"在此举行

莫不靓妆丽服，重茵累席，置酒交衢间。从千人石上至山门，栉比如鳞。檀板丘积，樽罍云泻……

布席之初，唱者千百，声若聚蚊，不可辨识。分曹部署，竞以歌喉相斗。雅俗既陈，妍媸自别。未几而摇头顿足者，得数十人而已。

已而明月浮空，石光如练，一切瓦釜，寂然停声，属而和者，才三四辈。一箫一寸管，一人缓板而歌，竹肉相发，清声亮彻，听者魂销。

比至夜深……则箫板亦不复用，一夫登场，四座屏息。音若细发，响彻云际，每度一字，几尽一刻，飞鸟为之徘徊，壮士听而下泪矣。

张岱是这样记述的——

虎丘八月半，土著流寓、士夫眷属、女乐声伎、曲中名妓戏婆、民间少妇好女、崽子娈童及游冶恶少、清客帮闲、傒僮走空之辈，无不鳞集……

天暝月上，鼓吹百十处，大吹大擂。十番铙钹，渔阳掺挝，动地翻天，雷轰鼎沸，呼叫不闻。更定，鼓铙渐歇，丝管繁兴，杂以歌唱，皆"锦帆开"、"澄湖万顷"同场大曲。蹲踏和锣，丝竹肉声，不辨拍煞。

更深，人渐散去，士夫眷属皆下船水嬉。席席征歌，人人献技，南北杂之，管弦迭奏，听者方辨句字，藻鉴随之。

二鼓人静，悉屏管弦。洞箫一缕，哀涩清绵，与肉相引。尚存三四，迭更为之。

三鼓，月孤气肃，人皆寂阒，不杂蚊虻。一夫登场，高坐石上。不箫不拍，声出如丝，裂石穿云。串度抑扬，一字一刻，听者寻入针芥，心血为枯，不敢击节，惟有点头。然此时，雁比而坐者，犹存百十人焉。使非苏州，焉讨识者。

这两段记述，有不少差别，张岱写得更完整一点。两者也有某些共同点值得我们注意。例如：

一，曲会是一项全民参与的盛大活动，苏州的各色市民，几乎倾城而出，连妇女也精心打扮，前来参与。

二，曲会开始时，乐器品类繁多，到场民众齐声合唱昆曲名段，一片热闹，很难分辨。

三，齐声合唱渐渐变成了"歌喉相斗"，一批批歌手比赛，在场民众决定胜负。时间一长，比赛者的范围越缩越小，而伴奏乐器也早已从鼓铙替换成丝管。

四，夜深，民众渐渐回家，而比赛者也已减少成三四人，最后变成了"一人缓板而歌"。虽是一人，却"清音亮彻"，"裂石穿云"。这人，应是今年的"曲王"。

这种活动的最大魅力，在于一夜的全城狂欢，沉淀为一年的记忆的话题。无数业余清唱者的天天哼唱，夜夜学习，不断比较，有了对明年曲会的企盼。这一来，多数民众都成了昆曲的"票友"，而且年年温习，年年加固，年年提升。

因此，我认为，虎丘山中秋曲会是每天都在修筑的水渠，它守护住了一潭充沛的活水。而作为戏剧形态的昆曲，则是水中的鱼。

我们现在很多戏曲剧种为什么再也折腾不出光景来了？原因是，让鱼泳翔的大水池没有了。为了安慰，临时喷点水，洒点水，画点水，都没用。

九

我前面说到，全民性的昆曲清唱，使得完整戏剧意义上的昆曲演出，拥有了数目惊人的热心"票友"。但是，"票友"有宽、严两义。宽泛意义上的"票友"可以营造一种背景性的滋润气氛，但由于人数众多，波荡不定，往往会产生随风起落的失控状态，这就需要另一种严格意义上的"票友"了。

严格意义上的"票友"，其实也是专业戏班之外的"非专业人员"，有时水准不在专业人员之下。他们对戏剧的热爱，甚至会超过专业人员，因为他们不存在专业人员的谋生目的。

一个剧种在发展过程中，宽泛意义上的"票友"不难获得。但是，只有严格意义上的"票友"的大批存在和健康存在，才能对剧种产生实质性的推进。

昆曲在明代，除了在虎丘山中秋曲会上集合了成千上万的宽义"票友"外，还有一批高水准的严义"票友"。这种"票友"，当时称作"串客"。一听这个称呼就可明白，他们是经常上台参加专业演出的。

"串客"中有一些人，在当时的观众中很出名，他们的名字，居然被一些好事的文人随手记下来了。我对这些"串客"名单颇感兴趣，因为正是这些似乎不重要的名字让当时的戏剧史料更丰润、更可信了。

那也就抄一些下来吧：王怡庵、赵必达、金文甫、丁继之、张燕筑、沈元甫、王共远、朱维章、沈公宪、王式之、王恒之、彭天锡、徐孟、张大、陆三、陈九、吴巳、朱伏……

昆曲在明代的热闹劲头，除了虎丘山中秋曲会和一大批"串客"外，更集中地体现在家庭戏班的广泛滋长。

家庭戏班，由私家置办，为私家演出。这种团体，这种体制，在世界各国戏剧史上都非常罕见。

中国古代，秦汉甚至更早，诸侯门阀常有"家乐侑酒"。唐宋至元，士大夫之家也会有"女乐声伎"。到了明代嘉靖之后，工商业城镇发展很快，社会经济获得大步推进，权贵利益集团出现爆发形态，官场的贪污之风，也越来越烈。在权贵利益集团之间，有没有"家乐班子"，成了互相之间炫耀、攀比的一个标准。

与秦汉至唐宋不同的是，古代的"家乐"以歌舞为主，而到明代，尤其在万历之后，昆曲成了时髦，也就成了家庭戏班的主业。

每一个家庭戏班，大概有伶人十二人左右。无论是脚色分配，还是舞蹈队伍，都以十二人为宜，少了不够，多了不必，后来也成了约定俗成的规矩。直到清代，《扬州画舫录》仍然有记：

> "副末以下，老生、正生、老外、大面、二面、三面七人谓之男脚色；老旦、正旦、小旦、贴旦四人，谓之女脚色；打诨一人，谓之杂。此江湖十二脚色。"
>
> 李斗《扬州画舫录》卷五

当然，也有的家庭戏班由于经济原因或剧目原因，不足十二人。七人、八人、九人，都有。

家庭戏班主要演折子戏。昆曲所依赖的剧本传奇，都很冗长、松散、拖拉，如果演全本，要连着演几昼夜，不仅花费的精力、财力太大，而且在家宅的日常起居之间，谁也不会耐着性子全都一出出看完。如果请来亲朋好友观赏，几昼夜的招待又使主客双方非常不便。因此，挑几出全家喜欢的折子戏，进行精选型、集约型的演出，才是家庭戏班的常例。当然，如果演的是家班主人自己写的剧本，那很可能是全本，带有"发表"、"发布"的性质。请来的客人，也只能硬着头皮看到底了。

拥有家庭戏班的宅第，往往也同时拥有私家园林。演出的场所，大多在主人家的厅堂。厅堂上铺上红地毯，也叫"红氍毹"，就是演出区。"氍毹"两字，读音近似"曲舒"，是明代以后对于演出舞台的文雅说法，我们经常可以从诗句中看到。

家庭戏班的演员，年纪都很小，往往只有十二三岁。因此，他们并不是在外面学好了戏才被召到戏班，大多是招来后再学戏的。戏班，实际上也是一个小小的学校。学校需要教师，称为"教习"。这些"教习"，不管男女，主要是一些有经验的年长艺人，有的在当时还很著名。

把戏班演出和戏剧教学一起衍伸到家庭之中，并且形成长久的风气，这个现象，构成了一种贵族化、门庭化的文化奇迹，奢侈得令人惊叹。今人胡忌、刘致中先生曾经收集过不少家庭戏班的资料，多数戏剧史家可能认为过于琐碎，极少提及。我却觉得颇为重要，能让今天的读者更加感性地了解那个由无数家门丝竹组成的戏剧时代。同时，也可从中了解那个时代中一大批权贵、退职官僚和士大夫们的生活形态。因此，我也曾对此用心关注。现稍稍选述几则如下，作为例证。

潘允端家班　在上海。当时被称为"江南名园"、现在仍作为上海著名旅游景点的豫园，就是潘允端营建的，是他的私家园林。他在北京、南京、山东、四川等地做过不小的官，一五七七年返回上海，一五八八年开始组建家庭戏班。戏班的演出，就在豫园里的"乐寿堂"或"玉华堂"内进行。园子里的舞台，直至四百多年后的今天，还成为不少戏剧演员进行公开演出的地方。

钱岱家班　在江苏常熟。钱岱也曾长期在朝廷做官，大概是一五八二年辞官回乡的，一回乡就在城西营建私家园林，同时组建家庭戏班。园林中的"百顺堂"就是家庭戏班的活动地。家庭戏班中几个比较优秀的演员，是扬州徐太监赠送的，会唱弋阳腔，钱岱希望他们改唱昆曲。不到一个月，已经学出一些名堂，甚至连当地的方言也学会了。其中一个比较出名的演员，叫冯翠霞。钱岱的家庭戏班有两位女教习：一位姓沈，主教演唱；一位姓薛，主教乐器，兼管带。

邹迪光家班　在江苏无锡。邹迪光在一五七四年得中进士后担任过工部主事、湖广提学副使等官职。去职后在无锡的惠山脚下筑建私家园林，享受歌舞戏曲娱乐达三十年之久。本来当地已有不少著名的家庭戏班，等邹迪光出手，事事都求极致，别人就无法超越了。在私家园林里，他为家庭戏班的演员们盖了很多房子，真不知怎么会如此有钱。

申时行家班　在江苏苏州。申时行就是人们常说的"申相国"，是真正的大官。他的儿子申用懋也是大官，曾任太仆少卿、尚书等。这对父子都喜爱昆曲，申府的家庭戏班就非同小可了，既有"大班"，又有"小班"，演出水平都很高。当时有不少风雅名士自恃甚高，不屑看很多家庭戏班，但对申府家班则欣赏不已。申府家班演得最好的，是昆曲《鲛绡记》和《西楼记》。

许自昌家班　也在苏州。与前面几位退职官宦不同，许家是大商巨富，因此更加喜欢显摆。许自昌在自己家的祖宅南边，又建造了一个豪华的私家园林，叫"梅花墅"，里边所挖水池占十分之七，花竹占十分之三，其中又布置不少奇石。梅花墅里经常在节庆之日招待宾客，"昼宴夜游"，满园灯火。而其中的主项，则是家庭戏班的昆曲演出。

吴昌时家班　在浙江嘉兴。吴昌时是一名大贪官，连《明史》都说他"为人墨而傲，通广卫，把持朝政。"这里所说的"墨"，就是贪污。他在吏部做官时，以"卖官"所得的巨款，在嘉兴南湖边上大造私家园林，其中家庭戏班的规模也很大。吴梅村曾在一首长诗中描述南湖边的这种奢华演出：

　　　　轻靴窄袖娇妆束，
　　　　脆管繁弦竞追逐。
　　　　云鬟子弟按霓裳，
　　　　雪面参军舞鸲鹆。

酒尽移船曲榭西，

满湖灯火醉人归。

朝来别奏新翻曲，

更出红妆向柳堤。

吴梅村：《鸳湖曲》

对于这种场面，我不会像吴梅村这样笔蘸欣喜。即便秉承着
戏剧史家的专业立场，我也十分排斥南湖边上的这种排场。毕竟
一切都是"卖官"贪污所得，全部繁弦新曲都由毒水浇灌。而且，
从北京到南湖的转换逻辑证明，明代的政坛已经无救。

屠隆家班　在浙江宁波。屠隆是明代出名的戏剧家、文学家，
在拥有家庭戏班的富豪中间，算是为数不多的"专业人员"。他
有能力办戏班，可能与他出任过青浦知县、礼部郎中有关。在专
业领域，屠隆创作过传奇《昙花记》、《修文记》、《彩毫记》，
其中以《昙花记》最为有名。他的剧作，追求骈俪风格，非我所喜。
他的戏班的具体情况，还不很清楚，但以点滴记载中可以知道：
他自己写的剧本大多是由自己的戏班来演的；他曾带着戏班外出，
他自己也参加演出。

除屠隆外，艺术家拥有家庭戏班的，还有沈璟、祁彪佳等人。
沈璟是江苏吴江人，因与汤显祖观点对立而著名史册，但他的家
庭戏班，是与顾大典合办的。祁彪佳是浙江山阴人，戏剧家祁彪

佳的哥哥，精通音律，自己写剧，对戏班要求严格。

在明代，还有一个既是艺术家，又是大官僚的名人，那就是让人讨厌的阮大铖了。

阮大铖戏班　阮大铖为安徽怀宁人，曾经依附权奸魏忠贤，被废弃后隐居南京，在仓皇混乱的南明小朝廷中出任兵部尚书，后又降清。他在晚明士林中，是一个诸般劣迹叠加的反面角色。但是，在艺术上，他却是一个戏曲行家。他一共写过十一个传奇剧本，现存四个，即《燕子笺》、《春灯谜》、《牟尼台》、《双金榜》。其中《燕子笺》一剧，更是名传一时。

阮大铖位高、权重、财厚，又懂得艺术，他的家庭戏班演他自己创作的剧本，整体水准也就明显地高于一般。张岱到他家看过戏，后来在《陶庵梦忆》中具体地讲述了从文学剧本到表演、唱曲、舞台设置等方面所达到的高度，结论竟然是"本本出色，脚脚出色，出出出色，句句出色，字字出色"。这是我们现在能见到的对明代家庭戏班的最高评价。奇怪的是，连一些政敌看了阮大铖戏班演出的戏，也颇为称赞。

这也就留下了一桩不小的公案：事隔几百年，我们该如何看待一个不德官僚家庭戏班的艺术成就？此事始终有争论，随着历史背景的淡化，越来越多的人渐渐偏向于"不要以人废言"的冷静立场。例如近代戏剧家吴梅说，对阮大铖的戏曲，应该"不以人废言，可谓三百年一作手矣。"

明刻本《燕子笺》插图

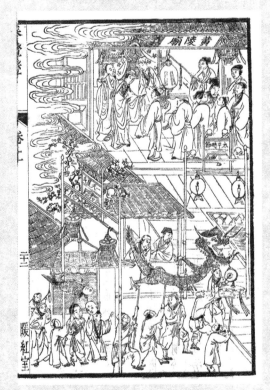

民国刻本《春灯谜》插图

我不赞成这种貌似公正的"冷静立场"，因此想跳开去多讲几句。

艺术当然不能与政治混为一谈，但我在《观众心理学》一书中曾详细论述，戏剧演出有点特殊。戏剧演出，是一种在同一个空间里当场反馈的集体审美活动。无论是演出者还是接受者，都人数众多，需要发生即时共鸣，因此，必定比其他个体艺术、单向艺术、隔时艺术更诉求社会共识。尤其在历史转型时期，戏剧演出更有可能成为一种社会精神的冶炼现场和释放现场。阮大铖这么一个人，身处历史转型的关键部位，一言一行都触动社会的神经中枢，那么，他亲手所写的剧本，他的戏班的演出，很难不让人看作是他的另一种发言方式。他的特殊重要身份和他正在每天采取的重大行为，使人们很难把他的创作看成是纯粹的艺术。

因此，一直有人对他的剧作摇头。例如姜绍书评他的剧作"音调旖旎，情文婉转，而凭虚凿空，半是无根之谎"，"皆靡靡亡国之音"（《韵石斋笔谈》）。胡忌、刘致中认为他的剧作内容"或是为自表无罪而编造故事"（《昆剧发展史》）。叶堂则嘲笑他自称秉承汤显祖，"其实未窥见毫发"（《纳书楹曲谱》续集）。

叶堂说阮大铖自称秉承汤显祖，阮大铖确实说过近似的话。阮大铖说："我的剧作，不敢与汤显祖比较，但也有一些优点。汤不会作曲，我会，因此演唱起来不会棘喉瘠齿，而能清浊疾徐，宛转高下，能尽其致。"

既然都提到了汤显祖，那么我就必须顺着说说剧作了。

十

请读者原谅我迟迟不说昆曲的剧本创作，一直拖到现在。其实，我二十几年前在海内外发表的那个有关昆曲的演讲中，倒是花了不少口舌讲昆曲文学剧本的美学格局。

记得我当时着重讲了昆曲在文学剧本上不同于西方戏剧的一些特征，来证明它的东方美学格局的标本。例如——

一，昆曲在意境上的高度诗化。不仅要求作者具有诗人气息，而且连男女主角也需要具有诗人气质，唱的都是诗句，成为一种"东方剧诗"；

二，昆曲在结构上的松散连缀。连绵延伸成一个"长廊结构"，而又可以随意拆卸、自由组装，结果以"折子戏"的方式广泛流传；

三，昆曲在呈现上的游戏性质。不刻求幻觉幻境而与实际生活驳杂交融，因此可以参与各种家族仪式、宴请仪式、节庆仪式、宗教仪式。

我是在完整研究了世界戏剧学之后找出昆曲的这些特征的，

因此并非偶得之见，至今未曾放弃。但是今天我不想在这里多说昆曲的剧本创作了。原因之一是，剧本创作，是我的《中国戏剧史》的主要阐述内容，那书不难找到，这儿就不必重复了。更重要的原因，我是想通过调整重心，来表达一种更现代、更深刻的戏剧史观。

这种戏剧史观认为：无论哪个时代，哪个社会，整体的戏剧生态，远比具体的戏剧作品更值得研究；观众的审美方式，远比作家的案头写作更值得研究。由于这种戏剧史观在中国学术界还比较生疏，我不得不用故意的侧重要进行强调。

从前面我对昆曲超常生态的描述就可以推断，当时的剧本创作一定非常繁荣。确实，要把明、清两代比较著名的昆曲作家列出来，是一件难事。名单很长，资料庞杂，如一一介绍，哪怕寥寥几句，加在一起，也会延绵无际。我可以从我的同乡浙江余姚吕天成的努力来说明这一点。

吕天成在一六一〇年写了一部《曲品》，那时尚在万历年间，离昆曲的兴盛的时间还不长，但他要排列可以传世的昆曲作家就已经很麻烦了。他先分出"旧传奇"和"新传奇"两大部分，在"新传奇"中，又分出不同的等级，即便是被他评为"上等"的，里边又分为"上之上"、"上之中"、"上之下"三个小等级。那就让我们来看看这三个小等级里的名单吧——

上之上：沈璟十七本，汤显祖五本；

上之中：陆天池两本，张灵墟七本，顾道行四本，梁伯龙一本，郑虚舟两本，梅禹金一本，卜大荒两本，叶桐柏五本，单差先一本；

上之下：屠赤水三本，陈苌卿十一本，龙朱陵一本，郑豹先一本，余聿云一本，冯耳犹一本，爽鸠文孙一本，阳初子一本。

除了这十九人，还有不少补遗。但是，这样的排列到了三十年后祁彪佳写《远山堂曲品》的时候，已经被指责为太"严"、太"隘"。也就是说，应该进入上等名单的，还应大大增加。

在吕天成的排列之后，著名剧作家队伍进一步扩大，随手一写就有范文若、吴炳、冯梦龙、孟称舜、袁于令、沈自征、沈自晋、凌蒙初等人。

到了清代，著名的就有李玉、朱素臣、邱园、毕魏、叶时章、张大复、薛旦、朱云从、吴伟业、来集子、黄周星、尤侗、万树、范希哲、嵇永仁、裘琏、陈二白、何蔚文、刘方、夏纶、张坚、黄之隽、唐英、董榕、杨潮观、蒋士铨、金兆燕、李斗、桂馥、沈起凤……还可以写出不少名字，但不要忘了李渔、洪昇、孔尚任他们。

这样抄名单，是不是有点无聊？不。我试图在汤显祖这样的

孟称舜《娇红记》插图，陈老莲绘

大手笔背后，画出一片人头济济的群体性背景。人群中的每一位，在当时大多可划入"文化精英"的范畴，各有不小的风光。把他们叠加在一起，便组成了一个惊人的"剧潮曲海"。

国运未必顺畅，文脉已趋衰势，文人整体窝囊，而戏曲却如此扩张，这里实在沉淀着太多的兴亡玄机。

在那么多昆曲作家中，我选出的前三名，一为汤显祖，二为孔尚任，三为洪昇。而在汤显祖的四部作品中，《牡丹亭》又遥遥领先，甚至可享唯一性的尊荣。他写的其他几部戏，失去了与《牡丹亭》的可比性。对于这几位剧作家，我在《中国戏剧史》一书中已有专章作长篇论述。在《中国文脉》一书中，我又简略分析了他们之间的高低利钝，读者可以参考。

我没有把那位被吕天成排为"上之上"第一名的沈璟排入，是从戏剧文学的"器格"着眼。沈璟是一位重要的昆曲作家，在当时影响很大。他是江苏吴江人，一五七四年他二十一岁时考上了进士，在北京做官，三十六岁就辞职回乡了，全身心地投入戏曲创作二十余年，直到五十七岁去世。他的居住地，是吴江的松陵镇，因此，我们凡是读到"松陵词隐先生"、"松陵宁庵"、"吴江沈伯英"等等称呼，都应该知道是在指他。词隐、宁庵、伯英，是他的别号和字。

我本人在"文革"灾难中被发配到吴江农场劳动，偶尔也会泥衫束腰到松陵镇送粮，走在颓朽的老街上，就会一次次想起沈璟三百六十年前在这里拍曲写戏的情景，这也算是一段远年的缘分。

沈璟的戏剧努力，主要集中在曲词的格律、唱法上，到了"按字模声"而不怕"不能成句"的地步。他主张"宁律协而词不工，读之不成句，而讴之始协，是曲中之巧"，这就把剧本当作了演唱的被动附庸，以戏剧的音乐价值贬低了文学价值，极为不妥。怪不得，他的剧本都写得不好，那么多数量，却没有一个传得下来。

与他产生明显对立的，是比他大三岁的江西人汤显祖。汤显祖作为全部昆曲史中排名第一的剧作家，也有着比同行们更健全的戏剧观。

十一

健全很难。

说到戏剧观，昆曲史上出过很多理论家，在这方面的谈论很多。我在《戏剧理论史稿》（1983年初版，2013年修订并更名为《世界戏剧学》）一书中花费六十多页篇幅介绍的王骥德、李渔等人，就是代表。

我曾反复论述，辉煌的元杂剧并没有产生过相应的理论家。

太大的辉煌必然是一个极为紧张的创造过程，没有空隙容得下说三道四、指手画脚。当理论家出现的时候，那种爆发性的辉煌也已过去了。

昆曲不像元杂剧那样具有石破天惊的爆发性，又由于广泛流行，也就不可能留存太多真正天赋神授般的精彩，于是理论家就一个个现身了。严格来说，中国古代戏剧史上的主要理论家，绝大多数都是昆曲理论家。但是，这些理论家如果自己写戏，基本不妙。《曲品》的作者吕天成、《曲律》的作者王骥德，都是如此。

清代的李渔，大家都知道。他的《闲情偶寄》，可以看作是中国古代最著名的戏剧理论，也是在讲昆曲。他是一个繁忙的戏剧活动家，也有自己的职业戏班，走南闯北，因此他的理论有充分的经验支撑，既实用又全备。但是，他的那些戏，还是写得平庸，并不出色。再回头看他的理论，也是重"术"轻"道"，在戏剧观上缺少宏观、整体的论述。

对此，我们不能不佩服汤显祖了。他不仅戏写得最好，而且在戏剧观上与沈璟的偏颇之见划出了明确界限，终被时间首肯。更难能可贵的是，他还从一个宏观的视角表述了自己的戏剧观，显得健全而深刻。

我指的是他写的《宜黄县戏神清源师庙记》。

这是一篇用诗化语言写出的戏剧礼赞。汤显祖告诉人们，戏剧是什么——

极人物之万途，攒古今之千变。一勾栏之上，几色目之中，无不纤徐焕眩，顿挫徘徊。恍然如见千秋之人，发梦中之事。使天下之人无故而喜，无故而悲。或语或嘿，或鼓或疲，或端冕而听，或侧弁而咳，或窥观而笑，或市涌而排。乃至贵倨驰傲，贪啬争施。瞽者欲玩，聋者欲听，哑者欲叹，跛者欲起。无情者可使有情，无声者可使有声。寂者可喧，喧可使寂，饥可使饱，醉可使醒，行可以留，卧可以兴。鄙者欲艳，顽者欲灵……

汤显祖这段话的学术等级，远远高于中国古代一般的戏剧理论。因为在这里，罕见地触及了戏剧如何拓宽和改变人类生命结构的问题。

戏剧能让观众"见千秋之人，发梦中之事"，即把生命带出现实生活，进入异态时空，进入精神领域。这种带出，让生命进入一种摆脱现实理由的"无故"状态，即所谓"无故而喜"、"无故而悲"。其结果，却是改变观众的精神偏狭，即所谓"贵倨驰傲，贪啬争施"、"无情者可使有情，无声者可使有声"。

在汤显祖看来，演剧之功，在于让人在幻觉中快乐变异，并在变异中走出障碍。其立论之高，令人仰望。

为了达到这个目标，汤显祖对演员的艺术提出了相应的要求。

汤显祖画像

明刻本《牡丹亭》插图

《牡丹亭》剧照，梅兰芳饰演杜丽娘　　　　　青春版《牡丹亭》剧照，此剧由白先勇总策划，沈丰英、俞玖林主演

一汝神，端而虚。择良师妙侣，博解其词，而通领其意。
动则观天地人鬼世器之变，静则思之。绝父母骨肉之累，
忘寝与食。少者守精魂以修容，长者食恬淡以修身。为
旦者常作女想，为男者常欲如其人。

汤显祖对戏剧表演者的总体要求是：专一你的精神，端正而
又虚静（即"一汝神，端而虚"）。

具体要求是，找几个水平高的人一起，好好读剧本，领会其
中意思。平日主动地观察天地世态之变，又会不断地静下心来思
考，不要被家事俗务拖累。年轻的，要懂得安顿精神魂魄来美化
姿态容貌；年长的，要懂得薄饮淡食来保养自己的声音。演旦角
的男演员，要经常站在女性立场上思考，即使是演男性，也要经
常体验戏中的那个角色。

汤显祖本人很重视这篇戏剧论文，要求"觅好手镌之"。也
就是请最好的雕刻者，把它刻在一个祭祀"戏神"的祠庙中。

这又一次证明：一方苍苔斑驳的碑刻，其价值，可能超过厚
厚一本书。

十二

一种过度的文化流行，一定会背离汤显祖他们划出的等级，成为沉重的社会负担。

后代学人经常会片面地激赞远去的文化现象，鲁莽地把那些文化现象所承受过的衰败、伤痕、羞辱抹去。其实这种做法是不对的，只能使九天之上的文化祖先们在一连串"美丽的起哄"中老泪纵横。

须知，在过度的流行中，真正的艺术不可能不寂寞。越流行，越寂寞。我前面抄写了部分昆曲作家的名字，显现了当时的笔墨之盛。那么多人写了那么多戏，好东西一定很多吧？事实与很多学人的想象完全不同：好东西很少。创作思想被流行浪潮严重磨损，即使有才华的人，也都在东张西望、察颜观色，结果，大量的作品越来越走向公式化、老套化、规制化。

这种现象，古今中外皆然。例如，我身边有不少学生和朋友突然成了闻名全国的"流行歌手"、"流行笑星"、"流行主持"，那就很难再保持密切交往了。因为在这种情况下，我交往的已不是真正的学生和朋友，而是被"流行"的力量重塑了的公众形象，他们见了我，很想洗去这种形象又很难洗去，彼此都累。

公众一旦集合，最容易形成粗糙的公式。因此，多数流行都会走向因袭和拼凑，令人头疼。

不要说汤显祖这样的创新者越来越受不了，就连比较平庸的李渔，也在不断抱怨剧坛的因袭、拼凑之风。他在《闲情偶寄》中说：

> 吾观近日之新剧，非新剧也。皆老僧碎补之衲衣，医士合成之汤药。即众剧之所有，彼割一段，此割一段，合而成之，即是一种传奇。

李渔还说，他看了那么多年的戏，只听到过不熟悉的姓名，没见到过不熟悉的剧情。

对于昆曲剧本的公式化、老套化，戏剧家吴梅揭露得最为有趣。他说，那么多戏，竟然都逃不出一大堆"必"：

> 生必贫困，女必贤淑，先订朱陈，而女家毁盟。当其时，必有一富豪公子，见色垂涎，设计杀生。女父母转许公子，而生卒得他人之救，应试及第，奉旨完婚，置公子于法，然后当场团圆。十部传奇，五六如此！
>
> 《词余讲义》

请注意吴梅所统计的比例：所有的昆曲剧本中，十分之五，甚至十分之六，都是这么一个老套，这实在是有点恐怖了。

长久地痴迷一种老套，对于普通观众而言，是出于一种浅薄而又惰性的从众心理，迟早会厌倦和转移，但对文人和官员来说就不一样了。他们在社会大变动中产生了种种不安全感，其中最让他们焦躁的是文化上的不安全感，因此要用一种故意的陈旧和重复来筑造一道心理慰抚之墙。

不管在什么时代，一些官僚和文人沉溺老腔、老调了，基本都是这个原因，尽管他们自己总有高雅的借口。

昆曲的悠扬曲调，因而一再在兵荒马乱中起到这种作用。责任不在它本身，尽管它由此而被冤枉地看作是"世纪末的颓唐之音"。

十三

明朝末年发生的事情最能说明问题。

一六四四年春天，崇祯皇帝朱由检自缢而亡，北京城易主，明朝实际上已经灭亡。但在南京，却建立了以朱由崧为皇帝的弘光小朝廷，在清军南下、战火紧逼中苟延残喘。这个小朝廷只延续了一年，但几乎天天都在看昆曲。

据《鹿樵纪闻》、《小腆纪年》、《栋亭集》、《枣林杂俎》、《明季咏史百一诗》等文献记载，弘光小朝廷的高官们争着给朱由崧送戏、送演员、送曲师，甚至还到远处搜集。

这年秋天，宫中演了一部长达六十多出的昆曲《麒麟阁》。到冬天，阮大铖又张罗大演自己写的昆曲《燕子笺》。除夕之夜，朱由崧还不高兴，因为没有新戏进宫演出。当时战事紧迫，宫中早已规定，如果局势危急，即使半夜也要敲钟示警。一夜突然响起钟声，宫外一听一片混乱，其实那只是宫内要演戏了。

小朝廷成立一周年之时，百官入朝致贺，没想到皇帝朱由崧根本没有露面，原因是在看戏。那时，离小朝廷的彻底覆灭已经没有几天。

知道清兵渡江的时候，朱由崧还在握杯看戏。一直看到三鼓之时，才与后宫宦官一起骑马逃出宫去。因此，史学家写道，南明弘光王朝是在戏曲声中断送的。

"戏迷"朱由崧出宫之后，在芜湖被俘。他被清军押回南京时，沿途百姓都夹路唾骂，投掷瓦砾。

那些不甘心降清的明末遗臣，一会儿拥立"鲁王"，一会儿拥立"永王"，乍一看颇有气节，但从留下的相关资料看，整个过程中永远在演戏，在看戏。到处是铁血狼烟，他们在昆曲中逍遥。

朝廷是这样，那些士大夫更是这样。逃难的长途满目疮痍，但他们居然还带着零落的戏班，逮到机会就看戏。有一些家庭戏班，几经逃难已经"布衣蔬食，常至断炊"，"下同乞丐"（张岱语），却还保留着。王宸章的家庭戏班早已不成样子，而在流

浪演出中，那个与艺人一起"捧板而歌"、"氍毹旋舞不羞"者，就是王宸章本人。（见《研堂见闻杂记》）

现代研究者不必为这样的事情所感动，把这些人说成是"在战乱之中仍然把艺术置于兴亡之上、生命之上的真正艺术家"。其实，这里没有太多的艺术。那些逃难的官僚、士大夫，把昆曲看成了麻醉品。甚至，此间情景已近似于"吸毒"，尽管其毒不在昆曲。

那个阮大铖，在弘光小朝廷任兵部尚书，很快降清。清军官员对他说："听说你还写过剧本《春灯谜》、《燕子笺》，那你自己能唱昆曲吗？"

阮大铖立即站起身来，"执板顿足而唱"。清军多是北方人，不熟悉昆曲，阮大铖就改唱弋阳腔。清军这才点头称善，说："阮公真才子也！"

唱完曲，阮大铖为了进一步讨好清军，还跟着行军。在登仙霞岭时，想要表示自己还身强力壮，足堪重用，居然还骑马挽弓，奋力奔驰。其实，那时他已年逾花甲。清军跟着他来到山顶，只见他已经下马，坐在石头上。叫他不应，清军以马鞭挑起发辫，也毫无反应。走近一看，他已死了。

——这段记述，见之于钱秉镫《藏山阁存稿》第十九卷。未必句句皆真，大体还算可信。一代权奸戏剧家，就这么结束了生命。昆曲在这天的仙霞岭，显得悲怆、滑稽而怪异。

十四

到了清代，强化吏治，禁止官僚置备家庭戏班，雍正、乾隆都下过严令。被允许的，只是职业戏班。这一来，昆曲的强势就消驰了。

由此，昆曲也就发现了自己以前的生命力迷局。原来，当初虎丘山中秋曲会的清唱，职业戏剧的风靡，早已是远年记忆。后来乘势涌现的大量昆曲剧本，都局囿在官僚士大夫的狭隘兴致中，与社会民众隔了一道厚墙。因此，当官僚阶层的家庭戏班一禁止，也就在整体上失去了生存的基石。

清朝初期苏州地区出现的一大批文人创作，更进一步从反面证明了这个残酷的事实。

这一来，社会民众所喜爱的"花部"，即众多声腔的地方剧种，也就有了足以与昆腔"雅部"抗衡的底气。尽管，它们还要经历多方面的锻铸和修炼。

犹如回光返照，在康熙年间出现了两部真正堪称杰作的昆曲剧本：洪昇完成于一六八七年的《长生殿》，孔尚任完成于一六九九年的《桃花扇》。这两部戏，也属于士大夫文化范畴，也都由于不明不白的原因受到朝廷的非难。

在这之后，昆曲不再有大的作为，只是悲壮地在声腔、表演上延续往昔了。

"花部"和"雅部"的互渗和竞争，最后的结果是昆曲的败落，这是大家都知道的了。

　　这么说来，昆曲整整热闹了二百三十年。说得更完整点，是三个世纪。这样一个时间跨度，再加上其间人们的痴迷程度，已使它在世界戏剧史上独占鳌头，无可匹敌。

　　我看到不少人喜欢用极端化的甜腻词汇来定义昆曲，并把这种甜腻当作昆曲长寿的原因。这显然是不对的，就像一个老太太的长寿，并不是由于她曾经有过的美丽。

　　我历来反对矫饰文化和历史。因为真正的文化和历史，总是布满了瘢疤和皱纹。我只承认，长寿的昆曲已成为中华文化发展史中极为重要的一部分。而且，由于这个部分那么独特，那么无可替代，它又成了我们读解中华文化最玄奥成分的一个窗口，一条门径，一把钥匙。

　　既然把它放到这么一个大架构里边了，我们就可以放宽视野，不必就事论事。

　　为此，我在这篇长文的最后留下一个沉重的难题：延绵三个世纪的昆曲，对整个中国文化而言，究竟是积极大于消极，还是消极大于积极？

《长生殿》插图

《桃花扇》剧照

十五

照理，对于一个已经发生的事实，不必再作这种衡量。但是，这三个世纪，对中华民族实在是至关重要。十六、十七、十八世纪，正是我在《中国文脉》一书中论定的数千年中国文化的衰落期，也是中华文明落后于西方文明的时期。

且不说经济和政治，只在文化上，就有一系列令人心动、甚至令人心酸的比较。例如——

昆曲开始发展的时候，正逢西方地理大发现已经完成，文艺复兴正在进行。就在汤显祖十四岁、沈璟十一岁那一年，英国的莎士比亚诞生。十年前，魏良辅的女儿嫁给了张野塘。

有学者考证，一五九一年汤显祖在广东见过西方传教士利玛窦，这是徐朔方先生的观点。我比较赞成龚重谟先生的看法，汤显祖见到的西方人也许不是利玛窦，可能是罗如望和苏如汉。但不管怎么说，我们的昆曲作家与西方近代文化已经离得很近。显然，在任何一个意义上，他们都"失之交臂"了。昆曲在汤显祖之后，没有太多进步，却依然还是占据中国文化的要津，那么久远。而在这么漫长的时间里，莎士比亚之后的欧洲文化，却不是这样。

李渔与莫里哀，也只相差十一岁。

我又联想到十八世纪后期的一个年份，一七九二年。那一年，汇辑流行昆曲和时剧的《纳书楹曲谱》由叶堂完成，昆曲也算有了一个归结点。但是，我们如果看看远处，那么，正是这一年，法国《马赛曲》问世，莫扎特上演了《魔笛》并去世，海顿成为交响曲之父。而仅仅几年之后，贝多芬将贡献他的《英雄》和《田园》。

相比之下，我们如果再回想一下吴梅所揭露的多数昆曲的老套，就知道当时不同文化之间的方向性差异了。

这种方向性差异，后来带来了什么结果，我就不必再说了。

我并不是要在比较中判定两种不同文化之间的绝对优劣，而只是想说明，中华文化即便在明清两代的衰落时期，本来也有可能走得更为积极和健康一点。

文化，除了已经走过的轨迹外，总有其他多种可能。甚至，有无限可能。

不错，存在是一种合理。但那只是"一种"，而不是唯一。而且，各种不同的"合理"分为不同的等级。文化哲学的使命，是设想和寻找更高等级的合理，并让这种合理变为可能。

因此，我们面对一个伟大民族在文化衰落期的心理执迷和颤动，都应反思，都可议论。

昆曲，是我们进行这种反思和议论的重要题材。

癸巳年元月改写

书法史述

笔墨是用来书写历史的，但它自己也有历史。

我一再想，中国文化千变万化，中国文人千奇百怪，却都有一个共同的载体，那就是笔墨。

这笔墨肯定是人类奇迹。一片黑黝黝的流动线条，既实用，又审美，既具体，又抽象，居然把全世界人口最多的族群连结起来了。千百年来，在这块辽阔的土地上，什么都可以分裂、诀别、遗佚、湮灭，唯一断不了、挣不脱的，就是这些黑黝黝的流动线条。

那么今天，就让它们停止说别人，让别人说说它们。

是不是要写"书法简史"？我的企图似乎要更高一点。"史述"，是对历史作出自由选择，并进行美学论述。平铺直叙，非吾道也。

开笔，还是从自己写起。

一

在山水萧瑟、岁月荒寒的家乡，我度过了非常美丽的童年。

千般美丽中，有一半，竟与笔墨有关。

那个冬天太冷了，河结了冰，湖结了冰，连家里的水缸也结了冰。就在这样的日子，小学要进行期末考试了。

破旧的教室里，每个孩子都在用心磨墨。磨得快的，已经把毛笔在砚石上舔来舔去，准备答卷。那年月，铅笔、钢笔都还没有传到这个僻远的山村。

磨墨要水，教室门口有一个小水桶，孩子们平日上课时要天天取用。但今天，那水桶也结了冰，刚刚还是用半块碎砖砸开了冰，才抖抖索索舀到砚台上的。孩子们都在担心，考试到一半，如果砚台结冰了，怎么办？

这时，一位乐呵呵的男老师走进了教室。他从棉衣襟下取出一瓶白酒，给每个孩子的砚台上都倒几滴，说："这就不会结冰了，放心写吧！"

于是，教室里酒香阵阵，答卷上也酒香阵阵。我们的毛笔字，从一开始就有了李白余韵。

其实岂止是李白。长大后才知道，就在我们小学的西面，比李白早四百年，一群人已经在蘸酒写字了，领头那个人叫王羲之，写出的答卷叫《兰亭序》。

我上小学时只有四岁，自然成了老师们的重点保护对象。上课时都用毛笔记录，我太小了，弄得两手都是墨，又沾到了脸上。因此，每次下课，老师就会快速抱起我，冲到校门口的小河边，把我的脸和手都洗干净，然后，再快速抱着我回到座位，让下一节课的老师看着舒服一点。但是，下一节课的老师又会重复做这样的事。于是，那些奔跑的脚步，那些抱持的手臂，那些清亮的河水，加在一起，成了我最隆重的书法入门课。如果我写不好毛笔字，天理不容。

后来，学校里有了一个图书馆。由于书很少，老师规定，用一页小楷，借一本书。不久又加码，提高为两页小楷借一本书。就在那时，我初次听到老师把毛笔字说成"书法"，因此立即产生误会，以为"书法"就是"借书的方法"。这个误会，倒是不错。

学校外面，识字的人很少。但毕竟是王阳明、黄宗羲的家乡，民间有一个规矩，路上见到一片写过字的纸，哪怕只是小小一角，哪怕已经污损，也万不可踩踏。过路的农夫见了，都必须弯下腰去，恭恭敬敬捡起来，用手掌捧着，向吴山庙走去。庙门边上，有一个石炉，上刻四个字："敬惜字纸"。石炉里还有余烬，把字纸放下去，有时有一朵小火，有时没有火，只见字纸慢慢焦黄，熔入灰烬。

我听说，连土匪下山，见到路上字纸，也这样做。

家乡近海，有不少渔民。哪一季节，如果发心要到远海打鱼，船主一定会步行几里地，找到一个读书人，用一篮鸡蛋、一捆鱼干，换得一叠字纸。他们相信，天下最重的，是这些黑森森的毛笔字。只有把一叠字纸压在船舱中间底部，才敢破浪远航。

那些在路上捡字纸的农夫，以及把字纸压在船舱的渔民，都不识字。

不识字的人尊重文字，就像我们崇拜从未谋面的神明，是为世间之礼，天地之敬。

这是我的起点。

起点对我，多有佑护。笔墨为杖，行至今日。

多年来，全国各地一些重大的历史碑刻，都不约而同地请我书写碑文，并要求用我自己的书法。例如，《炎帝之碑》、《法

余秋雨 炎帝之碑局部

门寺碑》、《采石矶碑》、《钟山之碑》、《大圣塔碑》、《金钟楼碑》等等，其他邀请我书写的名胜题额还有很多，例如秦长城、都江堰、云冈石窟、昆仑山。可以安慰的是，山川大地如此接受我，只凭笔墨。因为，我并无官职。

二

天下很多事，即使参与了，也未必懂得。

我到很久之后才知道，那些黑森森的文字，正是中国文化的生命基元。它们的重要性，怎么说也不过分。

其一，这些文字证明，中国人和中国文化已经彻底摆脱了蒙昧时代、结绳时代、传说时代，终于找到了可以快速攀援的文化台阶。如果没有这个文化台阶，在那些时代再沉沦几十万年，都是有可能的。有了这个文化台阶，则可以进入哲思，进入诗情，而且可以上下传承。于是，此后几千年，远远超过了此前几十万年、几百万年；

其二，这些文字，展现了中华民族始终保持一种共同生态的契机。辽阔的山河，诸多的方言，纷繁的习俗，都可以凭借着这些小小的密码而获得统一，而且由统一而共生，由统一而互补，由统一而流动，由统一而伟大；

其三，这些文字一旦被书写，便进入了一种集体人格。这种集体人格，有风范，有意态，有表情，又协和四方、对话众人。于是，书写过程既是文化流通过程，又是人格修炼过程。一个个汉字，千年百年书写着一种九州共仰的人格理想；

其四，这些文字一旦被书写，也进入一种高层审美程序，有造型，有节奏，有徐疾，有韵致。于是，永恒的线条，永恒的黑色，至简至朴，又至深至厚，推进了中国文化的美学品格；

……

我曾经亲自考察过人类其他重大的古文明的废墟，特别关注那里的文字遗存。与中国汉字相比，它们有的未脱原始象形，有的未脱简陋单调，有的未脱狭小神秘。在北非的沙漠边，在中东的烟尘中，在南亚的泥污间，我明白了那些文明中断和湮灭的技术原因。

在中国的很多考古现场，我也见到不少原始符号。它们有可能向文字过渡，但更有可能结束过渡。就像地球上大量文化遗址一样，符号只是符号，没有找到文明的洞口，终于在黑暗中消亡。

由此可知，文字，因刻刻划划而刻划出了一个民族永久的生命线。人类的诸多奇迹中，中国文字，独占鳌头。

中国文字在苦风凄雨的近代，曾受到远方列强的嘲笑。那些由字母拼接的西方语言，与枪炮、毒品和科技一起，包围住了汉字的大地，汉字一度不知回应。但是，就在大地即将沉沦的时刻，甲骨文突然出土，而且很快被读懂，告知天下，何谓文明的年轮，何谓历史的底气，何谓时间的尊严。

我一直很奇怪，为什么这个地球上人口最多的族群临近灭亡时最后抖搂出来的，不是深藏的财宝，不是隐伏的健勇，不是惊天的谋略，而只是一种古文字？终于，我有点懂了。所以我在为北京大学的各系学生讲授中国文化史的时候，开始整整一个月，都在讲甲骨文。

三

一般所说的书法，总是有笔有墨。但是，我们首先看到的文字，却不见笔迹和墨痕，而是以坚硬的方法刻铸在甲骨上，青铜钟鼎上，瓦当上，玺印上。更壮观的，则是刻凿在山水之间的石崖、石鼓、石碑上。

不少学者囿于"书法即是笔墨"的观念，却又想把这些文字纳入书法范畴，便强调它们在铸刻之前一定用笔墨打过草稿，又惋叹一经铸刻就损失了原有笔墨的风貌。我不同意这种看法。

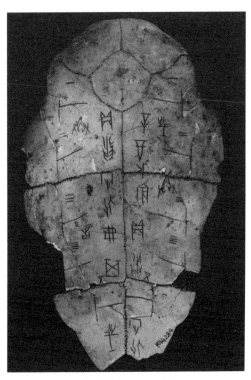

甲骨文

145

散氏盘铭文局部

146

用笔墨打草稿是有可能的，但也未必。我和妻子早年都学过一点篆刻，在摹访齐白石的阴文刀法时，就不会事先在印石上画样，而只是快刀而下，反得锋力自如。由此看甲骨文，在那些最好的作品中，字迹的大小方圆错落多姿，粗细轻重节奏灵活，多半是刻划者首度即兴之作，而且照顾到了手下甲骨的坚松程度和纹路结构，因此不是"照样画葫芦"。

　　石刻和金文，可能会有笔墨预稿，但一旦当凿刀与山岩、铸模强力冲击，在声响、石屑、火星间，文字的笔划必然会出现特殊的遒劲度和厚重感。这是笔墨的损失吗？如果是，也很好。既然笔墨草稿已经看不到了，那么，中国书法由这么一个充满自然力、响着金石声的开头，可能更精彩。

　　也许我们可以说：中国书法史的前几页，以铜铸为笔，以炉火为墨，保持着洪荒之雄、太初之质。

四

　　我在殷商时的陶片和甲骨上见到过零星墨字，在山西出土的战国盟书、湖南出土的战国帛书、湖北出土的秦简、四川出土的秦木牍中，则看到了较为完整的笔写墨迹。当然，真正让我看到

敦煌马圈湾木简

148

恣肆笔墨的，是汉代的竹简和木简。

长沙马王堆帛书的出土，让我们一下子看到了十二万个由笔墨书写的汉代文字，云奔潮卷般让人不敢相信自己的眼睛。这是中国书法史上的盛大节日，而时间又十分蹊跷，是一九七三年底至一九七四年初，正处于那场名为"文革"的民粹主义浩劫的焦灼期。这不禁又让人想到甲骨文出土时的那一场浩劫，古文字总是选中这样的时机从地下喷涌而出。我不能不低头向大地鞠躬，再仰起头来凝视苍天。

那年我二十七岁，急着到各个图书馆寻找一本本《考古》杂志和《文物》杂志，细细辨析所刊登的帛书文字。我在那里看到了二千一百多年前中国书法的一场大回涌、大激荡、大转型。由篆书出发，向隶、向草、向楷的线索都已经露出端倪，两个同源异途的路径，也已形成。

从此我明白，若要略知中国书法史的奥秘，必先回到汉武帝之前，上一堂不短的课。

五

汉以前出现在甲骨、钟鼎、石碑上的文字，基本上都是篆书。那是一个订立千年规矩的时代，重要的规矩由李斯这样的高官亲自书写，因此那些字，都体型恭敬、不苟言笑、装束严整，而且都一个个站立着，那就是篆书。

李斯为了统一文字，对各地繁缛怪异的象形文字进行简化。因此他手下的小篆，已经薄衣少带，骨骼精练。

统一的文字必然会运用广远，而李斯等人设计的兵厉刑峻，又必然造成紧急文书的大流通。因此，书者的队伍扩大了，书写的任务改变了，笔下的字迹也就脱去了严整的装束，开始奔跑。

东汉书法家赵壹曾经写道：

> 盖秦之末，刑峻网密，官书烦冗，战功并作，军书交驰，羽檄纷飞，故为隶草，趋急速耳。
>
> 《非草书》

这就是说，早在秦末，为了急迫的军事、政治需要，篆书已转向隶书，而且又转向书写急速的隶书，那就是章草的雏形了。

六

有一种传说，秦代一个叫程邈的狱隶犯事，在狱中简化篆书而成隶书。隶书的名字，也由此而来。如果真是这样，程邈的"创造"也只是集中了社会已经出现的书写风尚，趁着狱中无事，整理了一下。

一到汉代，隶书更符合社会需要了。这是一个开阔的时代，众多的书写者席地而坐，在几案上执笔。宽大的衣袖轻轻一甩，手势横向舒展，把篆书圆曲笔态一变为"蚕头燕尾"的波荡。

这一来，被李斯简化了的汉字更简化了，甚至把篆书中所遗留的象形架构也基本打破，使中国文字向着抽象化又解放了一大步。这种解放是技术性的，更是心理性的，结果，请看出土的汉隶，居然夹杂着那么多的率真、随意、趣味、活泼、调皮。

我记得，当年马王堆帛书出土后，真把当代书法家看傻了。悠悠笔墨，居然有过这么古老的潇洒不羁！

当然，任何狂欢都会有一个像样的凝聚。事情一到东汉出现了重大变化，在率真、随意的另一方面，碑刻又成了一种时尚。有的刻在碑版上，有的刻在山崖上，笔墨又一次向自然贴近，并成了自然的一部分。叮叮当当间，文化和山河在相互叩门。

毕竟经历过了一次大放松，东汉的隶碑品类丰富，与当年的篆碑大不一样了。你看，那《张迁碑》高古雄劲，还故意用短笔展现拙趣，就与飘洒荡漾、细笔慢描的《石门颂》全然不同。至于《曹全碑》，隽逸守度，刚柔互济，笔笔入典，是我特别喜欢的帖子。东汉时期的这种碑刻有多少？不知道，只听说有纪录的七八百种，有拓片的也多达一百七十多种。那时的书法，碑碑都在比赛，山山都在较量。似乎天下有了什么大事，家族需要什么纪念，都会立即求助于书法，而书法也总不令人失望。

七

说了汉隶，本应该说楷书了，因为楷出汉隶。但是，心中有一些有关汉隶的凄凉后话，如果不说，后面可能就插不进了，那就停步聊几句吧。

隶书，尽管风格各异，但从总体看，几项基本技巧还是比较单纯、固定，因此，学起来既易又难。易在得形，难在得气。在中外艺术史上，这样的门类在越过高峰后就不太可能另辟蹊径，再创天地。隶书在这方面的局限，更加明显。例如，唐代文事鼎盛，在书法上也硕果累累，但大多数隶书却日趋肥硕华丽，徒求形表，失去了生命力。千年之后，文事寥落的清代有人重拾汉隶余风，竟立即胜过唐代。但作为清隶代表的金农、黄易、邓石如等人，毕竟也只是技法翻新，而气势难寻。在当代"电脑书法"中，最丑陋的也是隶书，不知为什么反被大陆诸多机关大量取用，连高铁的车名、站名也包括在内。结果，人们即便呼啸疾驰，也逃不出那种臃肿、钝滞、笨拙的笔划。

八

这下，可以回过去说说楷书的产生了。

历史上有太多的书法论著都把楷书的产生与一个人的名字连在一起。这个人叫王次仲，河北人。《书断》、《劝学篇》、《宣和书谱》、《序仙记》等等都说他"以隶字作楷法"。但他是什么时代的人？说法不一，早的说与秦始皇同时代，晚的说到汉末，差了好几百年。

有争论的，是"以隶字作楷法"这种说法。"楷法"，有可能是指楷书，也有可能是指为隶书定楷模。如果他生于秦，应该是后者；如果生得晚，应该是前者。

我反复玩味着那些古代记述，觉得它们所说的"楷法"主要还是指楷书。但是，我历来不赞成把一种重要的文化蜕变归之于一个人，何况谁也不清楚王次仲的基本情况。如果从书法的整

张迁碑局部

石门颂局部

敦　所　祖
煌　在　父
枝　為　敏
分　雄　舉
葉　君　孝
布　高　廉

君　敦　其
諱　煌　先
全　效　蓋
字　穀　周
景　人　之
完　也　胄

曹全碑局部

緯無文不綜賢

孝之性根生吟

心收養李祖母

膚親王離亭部

史王宰程橫茅

賦與有疾者咸

体流变逻辑着眼，我大体判断楷书产生于汉末魏初。如果一定要拿一个大家都知道的人做标杆，那么，我可能会选钟繇（公元151—230年）。

钟繇是大动荡时代的大人物，主要忙于笔墨之外的事功。官渡大战打得最激烈的时候，他支援曹操一千多匹战马，后来又建立一系列战功，曾被魏文帝曹丕称为"一代之伟人"。可以想象，这样一位将军来面对文字书写的时候，会产生一种什么样的心理沙场。

他会觉得，隶书的横向布阵，不宜四方伸展；他会觉得，隶书的扁平结构，缺少纵横活力；他会觉得，隶书的波荡笔触，应该更加直接；他会觉得，隶书的蚕头燕尾，须换铁钩铜折……

但是，他毕竟不是粗人，而是深谙笔墨之道。他知道经过几百年流行，不少隶书已经减省了蚕头燕尾，改变了方正队列，并在转折处出现了顿挫。他有足够功力把这项改革推进一步，而他的社会地位又增益了这项改革在朝野的效能。

于是，楷书，或曰真书、正书，便由他示范，由他主导，堂堂问世。他的真迹当然看不到了，却有几个刻本传世，不知与原作有多大距离。其中那篇写于公元二二一年的《宣示表》，据说是王羲之根据自家所藏临摹，后刻入《淳化阁帖》的。因为临摹者是王羲之，虽非真品也无与伦比，并由此亦可知道钟繇和王羲之的承袭关系。从《宣示表》看，虽然还存隶意，却已解除隶制，横笔不波，内外皆收，却是神采沉密。其余如《荐季直表》、《贺捷表》都显得温厚淳朴，见而生敬。

九

钟繇比曹操大四岁，但他书写《宣示表》和《荐季直表》的时候，曹操已在一年前去世，而他自己也已七十高龄了。我想，曹操生前看到这位老朋友那一幅幅充满生命力的黑森森楷书时，一定会联想到官渡大战时那一千多匹战马。曹操自己的书法水平如何？应该不会太差，我看到南朝一位叫庾肩吾的人写的《书品》，把自汉以来的书法家一百多人进行排序。分为上、中、下三等，每等之中又各分三品，因此就形成了九品。上等的上品是三个人：张芝、钟繇、王羲之。曹操不在上等，而是列在中等的中品。看看这个名单中的其他人，这个名次也算不错了。《书品》的作者还评价曹操的书法是"笔墨雄赡"。到了唐代，张怀瓘在《书断》中把曹操的书法说成是"妙品"，还说他"尤工章草，雄逸绝伦"。

八年前我访问陕西汉中，当地朋友说那里有曹操书法碑刻，要我做一个真伪判定。我连忙赶去，碑刻在栈道的石门之下，仅有两字，为"衮雪"。字体较近隶书而稍简，比不上钟繇，但也

所盱睨公私見異愛同骨肉殊遇厚寵以至
今日再世榮名同國休戚敢不自量竊致愚
慮仍日達晨坐以待旦退思鄙淺聖意所
棄則又割意不敢獻聞深念天下今為己平
權之委質外震神武度其拳拳無有二計高
尚自踈況未見信今推款誠欲求見信實懷
不自信之心亦宜待之以信而當護其未自信
也其所求者不可不許許之而反不必可與求
而不許勢必自絶許而不與其曲在己里語
曰何以罰與以奪何以怒許不與思省所示報
權瑕曲折得宜神聖之慮非今臣下所能
有增益昔與文若奉事先帝事有數者
有似於此粗表二事以為今者事勢尚當有
所依違顧君思省若以在所慮可不須復
只節度唯君恐不可采故不自拜表

钟繇 宣示表

魏鍾繇書

尚書宣示孫權所求詔令所報所以悼示

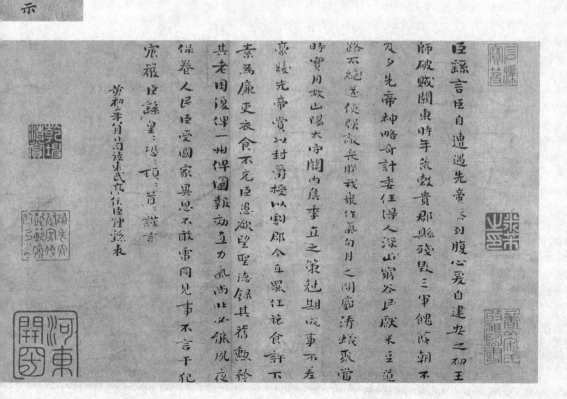

臣繇言臣自遭遇先帝忝列腹心爰自建安之初王

師破賊關東時年荒穀貴鄰縣饑饉三軍餽餉朝不

及夕先帝神略奇計委任得人深山窮谷民獻米豆道

路不絕遂使強敵喪膽我眾作氣旬月之閒廓淸蟻聚當

時實用故山陽太守閒內焦李立之策赴期成事不差

豪彊先帝賞以封爵授以劉郃令互眾任飲食許下

素為廉吏衣食不充臣愚欲望聖德錄其舊勳紆

其老困復竭一州俾圖報效勉竭力氣尚此必倸咫夜

保卷人民臣受國家異恩不敢雷同見事不言干犯

宏藏臣繇皇恐頓首頓首謹言

黃初二年八月司徒東武亭侯臣鍾繇表

显现·点功力。我看了一下河道和栈道，立刻告诉当地朋友，这大概是真迹。因为把此地风光概括为"衮雪"，在文学功力上正像是他。而且，处于蜀地，别人伪造他题词的理由不太充分。我觉得这是他于匆匆军旅间的随意笔墨，应景而已。

偶然读到清代罗秀书《褒谷古迹辑略》，其中提到曹操写的两个字，评述道："昔人比魏武为狮子，言其性之好动也。今观其书，如见其人矣……滚滚飞涛雪作窝，势如天上泻银河，浪花并作笔墨舞，魏武精神万顷波。"

在我看来，这种美言，牵强附会。曹操不会在山水间沉迷太久，更不会产生这种有关狮子和浪花的幼稚抒情。

大丈夫做什么都有可能，唯独不会做小文人。曹操写字，立马可待。他在落笔前不会哼哼唧唧，写好后也不会等人鼓掌。转眼已经上马，很快就忘了写过什么。

曹操 衮雪

十

看到了曹操的书法，又知道后人评论他的书法"尤工章草"，可见他的隶书没怎么往楷书这面拐，而是直奔章草去了。

章草是隶书的直接衍伸。当时的忙人越来越不可能花时间在笔墨上舒袖曼舞，因此都会把隶书写快。为了快，又必须进一步简化，那就成了章草。章草的横笔和捺笔还保持着隶书的波荡状态，笔笔之间也常有牵引，但字字之间不相连接。章草的首席大家，是汉代的张芝。后来，文学家陆机的《平复帖》也给我们留下了很深的印象。等到楷书取代隶书，章草失去了母本，也就顺从楷书而转变成了今草，也称小草。今草就是我们所熟悉的草书了，一洗章草上保留的波荡，讲究上下牵引，偏旁互借，流转多姿，产生前所未有的韵律感。再过几百年到唐代，草书中将出现以张旭、怀素为代表的狂草，那是后话了。

人类，总是在庄严和轻松之间交相更替，经典和方便之间来回互补。当草书欢乐地延伸的时候，楷书又在北方的坚岩上展示力量。这就像现代音乐，轻柔和重石各擅其长，并相依相融。

草书和楷书相依相融的结果，就是行书。

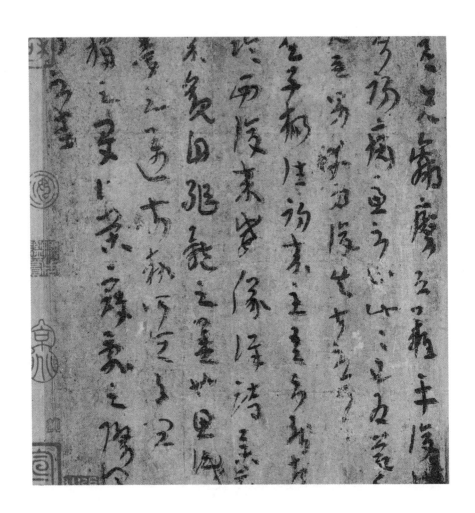

陆机 平复帖局部

十一

行书中，草、楷的比例又不同。近草，谓之行草；近楷，谓之行楷。不管什么比例，两者一旦结合，便产生了奇迹。在流丽明快、游丝引带的笔墨间，仿佛有一系列自然风景出现了——

那是清泉穿岩，那是流云出岙，那是鹤舞雁鸣，那是竹摇藤飘，那是雨叩江帆，那是风动岸草……

惊人的是，看完了这么多风景，再定睛，眼前还只是一些纯黑色的流动线条。

能从行书里看出那么多风景，一定是进入到了中国文化的最深处。然而，行书又是那么通俗，稍有文化的中国人都会随口说出王羲之和《兰亭序》。

那就必须进入那个盼望很久的门庭了：东晋王家。

是的，王家，王羲之的家。我建议一切研究中国艺术史、东方审美史的学者在这个家庭多逗留一点时间，不要急着出来。因为有一些远超书法的秘密，在里边潜藏着。

任何一部艺术史都分两个层次。浅层是一条小街，招牌繁多，摊贩密集，摩肩接踵；深层是一些大门，平时关着，只有问很久，等很久，才会打开一条门缝。跨步进去，才发现林苑茂密，屋宇轩朗。王家大门里的院落，深得出奇。

王家有多少杰出的书法家？一时扳着手指也数不过来。王羲之的父辈，其中有四个是杰出书法家。王羲之的父亲王旷算一个，但是，伯伯王导和叔叔王廙的书法水准比王旷高得多。到王羲之一辈，堂兄弟中的王恬、王洽、王劭、王荟、王茂之都是大书法家。其中，王洽的儿子王珣和王珉，依然是笔墨健将。别的不说，我们现在还能在博物馆里凝神屏息地一睹风采的《伯远帖》，就出自王珣手笔。

那么多王家俊彦，当然是名门望族的择婿热点。一天，一个叫郗鉴的太尉，派了门生来初选女婿。太尉有一个叫郗璿的女儿，才貌双全，已到了婚嫁的年龄。门生到了王家的东厢房，那些男青年都在，也都知道这位门生的来历，便都整理衣帽，笑容相迎。只有在东边的床上有一个青年，坦露着肚子在吃东西，完全没有在乎太尉的这位门生。门生回去后向太尉一描述，太尉说："就是他了！"

于是，这个坦腹青年就成了太尉的女婿，而"东床"，则成了此后中国文化对女婿的美称。

这个坦腹青年就是王羲之。那时，正处于曹操、诸葛亮之后的"后英雄时代"，魏晋名士看破了一切英雄业绩，只求自由解放、率真任性，所以就有了这张东床，这个太尉，这段婚姻。

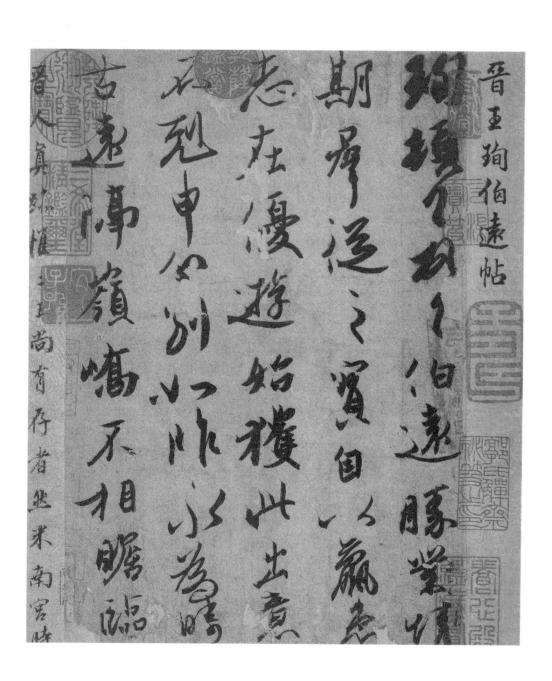

王珣　伯远帖局部

十二

王羲之与郗璿结婚后，生了七个儿子，每一个都擅长书法。这还不打紧，更重要的是，其中五个，可以被正式载入史册。除了最小的儿子王献之名垂千古外，凝之、徽之、操之、涣之四个都是书法大才。这些儿子，从不同的方面承袭和发扬了王羲之。有人评论说："凝之得其韵，操之得其体，徽之得其势，涣之得其貌，献之得其源。"（《东观余论》）这个评论可能不错，因为相比之下，"源"是根本，果然成就了王献之，能与王羲之齐名。

更让人瞠目结舌的是，这个家庭里的不少女性，也是了不起的书法家。例如，王羲之的妻子郗璿，被周围的名士赞之为"女中仙笔"。王羲之的儿媳妇，也就是王凝之的妻子谢道韫，更是闻名远近的文化翘楚，她的书法，被评之为"雍容和雅，芳馥可玩"。在这种家庭气氛的熏染下，连雇来帮助抚育小儿子王献之的保姆李如意，居然也能写得一手草书。

李如意知道，就在隔壁，王洽的妻子荀氏，王珉的妻子汪氏，也都是书法高手。脂粉裙钗间，典雅的笔墨如溪奔潮涌。

我们能在一千七百年后的今天，想象那些围墙里的情景吗？可以肯定，这个门庭里进进出出的人都很少谈论书法，门楣、厅堂里也不会悬挂名人手迹。但是，早晨留在几案上的一张出门便条，一旦藏下，便必定成为海内外哄抢千年的国之珍宝。

晚间用餐，小儿子握筷的姿势使对桌的叔叔多看了一眼，笑问："最近写多了一些？"

站在背后的年轻保姆回答："临张芝已到三分。"

谁也不把书法当专业，谁也不以书法来谋生。那里出现的，只是一种生命气氛。

十三

自古以来，这种家族性的文化大聚集，很容易被误解成生命遗传。请天下一切姓王的朋友们原谅了，我说的是生命气氛，而不是生命遗传。但同时，又要请现在很多"书法乡"、"书法村"的朋友们原谅了，我说的气氛与生命有关，而且是一种极其珍罕的集体生命，并不是容易摹拟的集体技艺。

这种集体生命为什么珍罕？因为这是书法艺术在经历了从甲骨文出发的无数次始源性试验后，终于走到了一个经典型的创造平台。像是道道山溪终于汇聚成了一个大水潭，立即奔泻成了气势恢宏的大瀑布。大瀑布有根有脉，但它的汇聚和奔泻，却是"第一原创"，此前不可能出现，此后不可能重复。

人类史上难得出现有数的高尚文化，但大多被无知和低俗所吞噬，只有少数几宗有幸进入"原创爆发期"。爆发之后，即成永久典范。中国现代学者受西方引进的进化论和社会发展论影响太深，总喜欢把巨峰跟前的丘壑说成是新时代的进步形态，惹得很多不明文化大势的老实人辛劳毕生试图超越。东晋王家证明，后世那种以为高尚文化也会一代代"进化"、"发展"的观念是可笑的。

在王羲之去世二百五十七年后建立的唐朝是多么意气风发，但对王家的书法却一点儿也不敢"再创新"。就连唐太宗，这么一个睥睨百世的伟大君主，也只得用小人的欺骗手段赚得《兰亭序》，最后殉葬昭陵。他知道，万里江山可以易主，文化经典不可再造。

唐代那些大书法家，面对王羲之，一点儿也没有盛世之傲，永远的临摹、临摹、再临摹。他们的临本。这些临本，让我们隐约看到了一个王羲之，却又清晰看到了一群崇拜者。唐代懂得崇拜，懂得从盛世反过来崇拜乱世，懂得文化极品不管出于何世都只能是唯一。这，就是唐代之所以是唐代。

公元六七二年冬天，一篇由唐太宗亲自写序，由唐高宗撰记的《圣教序》被刻石。唐太宗自己的书法很好，但刻石用字，全由怀仁和尚一个个地从王羲之遗墨中去找，去选，去集。皇权对文化谦逊到这个地步，让人感动。但细细一想，又觉正常。这正像，唐代之后的文化智者只敢吟咏唐诗，却不敢大言赶超唐诗。

同样，全世界的文化智者都不会大言赶超古希腊的哲学、文艺复兴时期的美术、莎士比亚的戏剧。

公元四世纪中国的那片流动墨色，也成了终极的文化坐标。

十四

说了那么多文化哲学，还应回过头来记一下东晋王家留下的名帖。太多了，只能记王氏父子的留世代表作。例如，王羲之除了《兰亭序》之外的《快雪时晴帖》、《姨母帖》、《平安帖》、《奉桔帖》、《丧乱帖》、《频有哀祸帖》、《得示帖》、《孔侍中帖》、《二谢帖》等。王献之的《鸭头丸帖》、《廿九日帖》，以及草书《中秋帖》、《十二月帖》等等。

任何热爱书法的人在抄写这些帖名时，每次都会兴奋。因为帖名正来自帖中字迹，那些字迹一旦见过就成永久格式，下笔如叩圣域。

这么多法帖中，我最宝爱的是《兰亭序》、《快雪时晴帖》、《平安帖》、《丧乱帖》、《鸭头丸帖》、《中秋帖》六本。宝爱到什么程度？不管何时何地，只要一见它们的影印本，都会顿生愉悦，身心熨贴，阴霾全扫，纷扰顷除。

知老之將至及其所之既惓情
隨事遷感慨係之矣向之所
欣俯仰之間以為陳迹猶
不能不以之興懷況脩短隨化終
期於盡古人云死生亦大矣豈
不痛哉每攬昔人興感之由
若合一契未嘗不臨文嗟悼不
能喻之於懷固知一死生為虛
誕齊彭殤為妄作後之視今
亦由今之視昔

悲夫故列

叙時人錄其所述雖世殊事
異所以興懷其致一也後之攬
者亦將有感於斯文

王羲之 丧乱帖

王羲之 兰亭序摹本

173

王羲之 快雪时晴帖

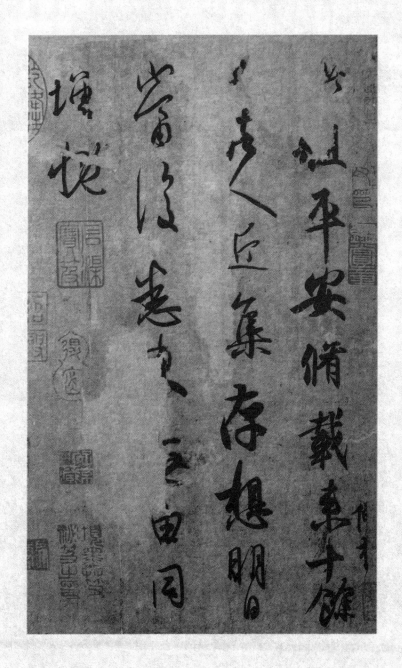

王羲之　平安帖

王献之　鸭头丸帖

王献之　中秋帖

十五

王家祖籍山东琅琊，后迁浙江山阴。因此，前面说的那个门庭，也就坐落在现今浙江绍兴了。我在深深地迷恋这个门庭的时候，又会偶尔抬起头来遥想北方。现在，可以暂离南方的茂林修竹，转向"铁马西风塞北"了。那里，在王羲之去世二十五年之后，建立了一个由鲜卑族主政的北魏王朝。

北魏王朝无论是定都平城（今大同），还是迁都洛阳，都推进汉化，崇尚佛教，揉合胡风，凿窟建庙。这是一系列气魄雄伟的文化重建工程，需要把中国文明、世界文明、农耕文明、游牧文明通过一系列可视可观、可触可摸的艺术形态融会贯通，于是，碑刻也随之兴盛。刻经、墓志、像记、山诗、摩崖、碑铭大量出现，又一次构成用坚石垒成的书法大博览。我们记得，上一次，是以《张迁碑》、《曹全碑》为代表的东汉隶碑的涌现。

北魏的诸多碑刻简称"魏碑"，多为楷书。这种楷书深得北方之气，兼呈山石之力。在书写技术上，内圆外方，侧峰转折，撇捺郑重，钩跃施力，点划爽利，结体自由，写起来干脆迅捷。总体审美风格，是雄峻伟茂，高浑简穆。

我曾多次自述，考察文化特别看重北魏，因此在那一带旅行的次数也比较多。古城、石窟、造像等等且不说了，仅说魏碑，我喜欢的有：《孙秋生造像记》、《元倪墓志》、《元显儁墓志》、《高

維大魏延昌二年歲
次癸巳二月丙辰朔
廿九日甲申故處士
元君墓誌銘
君諱顯儁河南洛陽
人也若夫太一玄象

元显儁墓志局部

张黑女墓志局部

猛夫妇墓志》、《张黑女墓志》、《崔敬邕墓志》、《张猛龙碑》、《贾思伯碑》、《根法师碑》，等等。南朝禁碑，但也斑斑驳驳地留下一些好碑，如《瘗鹤铭》、《爨龙颜碑》和《萧澹碑》。

十六

对于曾经长久散落在山野间的魏碑，我常常产生一些遐想。牵着一匹瘦马，走在山间古道上，黄昏已近，西风正紧，我突然发现了一方魏碑。先细细看完，再慢慢抚摸，然后决定，就在碑下栖宿。瘦马蹲下，趴在我的身边。我看了一下西天，然后借着最后一些余光，再看一遍那碑……

当然，这只是遐想。那些我最喜爱的魏碑，大多已经收藏在各地博物馆里了。这让我放心，却又遗憾没有了抚摸，没有了西风，没有了古道，没有了属于我个人的诗意亲近。

山野间的魏碑，历代文人知之不多。开始去关注，是清代的事，阮元、包世臣他们。特别要感谢的是康有为，用巨大的热诚阐述了魏碑。他的评价，就像他在其他领域一样，常常因激情而夸大，但总的说来，他宏观而又精微，凌厉而又剖切，令人难忘。

至此，一南一北，一柔一刚，中国书法的双向极致已经齐备。那么，中国艺术史的这一部分，也就翻越了崇山峻岭而自我完满。前面就是开阔的旷野，虽然也会有草泽险道，但那都属于旷野的风景了，不会再有生成期的断灭之危。

接下来，那个既有鲜卑血缘又有汉族血缘，既有魏碑背景又有兰亭迷思的男人，将要打开中国文化最辉煌的大门。他，就是前面提到过的唐太宗李世民。我们已经说过，在他即将打开的大门中，唯有书法，他只收藏辉煌，而不打算创造。

十七

受唐太宗影响，唐初书法，主要是追摹王羲之。然而那些书法家自己笔下所写，更多的倒是楷书，而不是行书。他们觉得行书是性灵之作，已有王羲之在上，自己怎敢挥洒。既然盛世已立，不如恭恭敬敬地为楷书建立规范。因此，临摹王羲之最好的欧阳询、虞世南、褚遂良等人，全以楷书自立。

虞世南是我同乡，余姚人。褚遂良是杭州人，也算大同乡。但经过仔细对比，我觉得自己更喜欢的还是湖南人欧阳询。三人中，欧阳询与虞世南同辈，比虞大一岁。褚遂良比他们小了三四十岁，下一代的人了。

欧阳询和虞世南在唐朝建立时，已经年过花甲，有资格以老师的身份为这个生气勃勃、又重视文化的朝代制定一些文化规范。欧阳询在唐朝建立前，已涉书颇深。他太爱书法了，早年曾在一方书碑前坐卧了整整三天，这倒是与我当初对魏碑的遐想不谋而合。后来他见到王羲之指点王献之的一本笔划图，惊喜莫名，主人开出三百卷最细缣帛的重价，欧阳询购得后整整一个月日夜赏玩，喜而不寐。在这基础上，他用自己的笔墨为楷书增添了笔力，以尺牍的方式示范坊间，颇受欢迎。

唐朝皇帝发现他，开始还不是唐太宗李世民，而是唐高祖李渊。李渊比欧阳询小九岁，至于李世民则比他小了四十多岁。李渊在处理唐皇朝周边的藩属关系时，发现东北高丽国那么遥远，竟也有人不惜千里跋涉来求欧阳询的墨迹，十分吃惊，才知道文人笔墨也能造就一种笼罩远近的"魁梧"之力。

欧阳询的字，后人美誉甚多，我觉得宋代朱长文在《续书断》里所评的八个字较为确切："纤浓得体，刚劲不挠。"在人世间做任何事，往往因刚劲而失度，因温敛而失品，欧阳询的楷书奇迹般地做到了两全其美。他的众多法帖中，我最喜欢两个，一是《九成宫醴泉铭》，二是《化度寺碑》。

唐代楷书，大将林立，但我一直认为欧阳询位列第一。唐中后期的楷书，由于种种社会气氛的影响，用力过度，连我非常崇

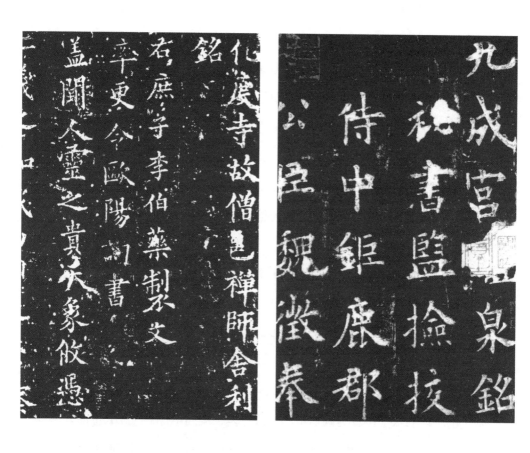

欧阳询　化度寺碑局部　　　　　　　　　　　　欧阳询　九成宫醴泉铭局部

184

拜的颜真卿也不可免。欧阳询的作品，特别是我刚才所举的两个经典法帖，把大唐初建时的风和日丽、平顺稳健全都包含了，这是连王羲之也没有遇到的时代之赐。

欧阳询写《九成宫》时已经七十六岁，写《化度寺碑》早一年，也已经七十五岁。他以自己苍老的手，写出了年轻唐皇朝的青春气息。那时，唐太宗执政才五六年，贞观之治刚刚开始。

欧阳询是一个高寿之人，享年八十五岁。他在生命的最后时刻用小楷写了《千字文》留给儿子欧阳通。这个作品是精致的，但毕竟人已太老，力度已弱。清代书法家翁方纲在翻刻本的题跋上说："此《千字文》，及垂老所书，而笔笔晋法，敛入神骨，当为欧帖中无上神品。"这种书法，我完全不同意。如果在欧阳询的毕生法帖中，《千字文》"无上"了，那么置《九成宫》和《化度寺碑》于何处？由此，我对翁方纲本人的书法品位也产生了疑惑。

书法需要经验，也需要精力。小到撇捺，大到布局，都必须由完满充盈的精气神掌控，过于老迈就会力不从心。因此，常有不同年龄的朋友问我学书法从何开始，我在打听他们各自的基础后，总会建议临摹《九成宫》和《化度寺碑》。

十八

　　比欧阳询小一岁的虞世南，实实在在担任了唐太宗的书法老师。他的小楷《破邪论序》，颇得王羲之小楷《乐毅论》、《黄庭经》神韵，但我更喜爱的则是他的大楷《孔子庙堂碑》。恭敬清雅，舒卷自如，为大楷精品。我特别注意这份大楷中的那些斜钩长捺，这是最不容易写的，他却写得弹挑沉稳，让全局增活。

　　这种笔触，还牵连着一桩美谈。

　　说的是，唐太宗跟着虞世南学书法，写来写去觉得最难的是那个"戈"字偏旁，尤其是斜钩，一写就钝。有一次他写一幅字，碰到一个"戬"字，怕写坏，就把右边的"戈"空在那里。虞世南来了，看到这幅字，就顺手把"戈"填上去了。

　　唐太宗一高兴，就把这幅字拿到了魏徵面前，说："朕总算把世南学到家了，请你看看。"

　　魏徵看过后说："仰观圣作，唯戬字的戈法颇逼真。"也就是说，只有这个偏旁像虞世南。

　　唐太宗一惊，叹道："真是好眼力！"

　　这件趣事，让我们领略了初唐的文化氛围。唐太宗、虞世南、魏徵的心理，都很健康。结果，唐太宗本人也因谦虚勤勉而书法大进。我曾评他为中国历代帝王中的第一书法家。第二是谁？我在宋徽宗赵佶和唐太宗的"儿媳妇"武则天之间犹豫再三，最后选定赵佶，因为他毕竟创造了一种"瘦金体"，而武则天虽然也写得一手好字但缺少创新。之所以犹豫，是因为我不喜欢"瘦金体"。

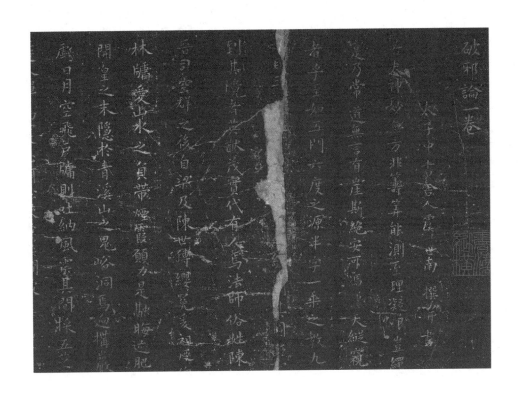

虞世南　破邪论序局部

其觚能與於此乎自時
厥後遺芳無絕法被區
濟天下及金冊斯誤玉
弩載驚孔教已焚秦宗
亦隆之永言前烈襄成

月之戰侵軼無廳空盡
貳師之兵憑淩滋甚
皇咸所被空山盡漠歸
命闕庭充牣藁外
廄開闔已来未之有也

虞世南　孔子廟堂碑局部

十九

既然说到了武则天，就可以再说说受到这位女皇帝欺侮的书法家褚遂良了。褚遂良被唐太宗看重，不仅字写得好。在政治上，褚遂良也喜欢直谏不讳，唐太宗觉得他忠直可信，甚至在临终时把太子也托付给他。谁都知道，在中国朝廷政治中，这种高度信任必然会带来巨大祸害。褚遂良在皇后接续等朝政大事上坚持着自己的观念，结果可想而知：逐出宫门，死于贬所，追夺官爵，儿子被害。

文化人就是文化人，书法家就是书法家，涉政过深，为大不幸。我想，褚遂良像很多文化人一样，一直记忆着唐太宗和虞世南的良好关系，误以为文化和权势可以两相帮衬。其实，权势有自己的逻辑，与文化逻辑至多是偶然重合，基本路向并不相同。

幸好褚遂良还留下了很多优秀的书法作品，这是他的另一生命，逃离了权势互戕而永不死亡的生命。现在到西安大雁塔，还能看到他写的《雁塔圣教序》。那确实写得好，与欧阳询、虞世南的楷书一比，这里居然又融入了一些隶书、行书的笔意，瘦瘦劲劲，又流利飘逸。在写这份《雁塔圣教序》的第二年，他又写了大楷《阴符经》。这份墨迹最让我开颜的，是它的空间张力。所喜的是，这种张力并不威猛，而是通过自由的流动感取得，这在历来大楷中，极为罕见。除了这两个碑外，他写于四十七岁时

應十達勞
道有周輊
邦七遊求
詢年西深
求窮宇顙

褚遂良 雁塔聖教序局部

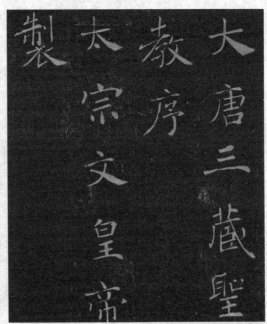

褚遂良　雁塔圣教序局部

褚遂良　大楷阴符经局部

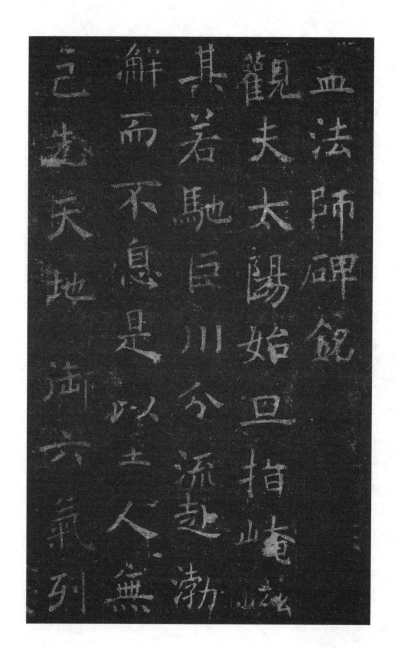

褚遂良　孟法师碑局部

的那个《孟法师碑》，我也很喜欢。一个中年人的方峻刚劲，加上身处高位时的考究和精到，全都包含在里边了。

褚遂良的这几个帖子，至今仍可以作为书法学者的奠基范本。

二十

唐代书法，最绕不开的，是颜真卿。但对他，我已经写得太多，说得太多，再重复，就不好意思了。

颜真卿的生平，我在为北京大学各系学生开设的"中国文化史"课程中已经讲述得相当完整，可以参见已出版的课堂记录《中华文化四十七堂课》。整部中国文化史，在人格上对我产生全面震撼的是两个人，一是司马迁，二是颜真卿。颜真卿对我更为直接，因为我写过，我的叔叔余志士先生首先让我看到了颜真卿的帖本《祭侄稿》，后来他在"文革"浩劫中死得壮烈，我才真正读懂了这个帖本的悲壮文句和淋漓墨迹。以后，那番墨迹就溶入了我的血液。

我在上文曾经提过，平日只要看到王羲之父子的六本法帖，就会产生愉悦，扫除纷扰。但是，人生也会遇到极端险峻、极端危难的时刻，根本容不下王羲之。那当口，泪已吞，声已噎，恨

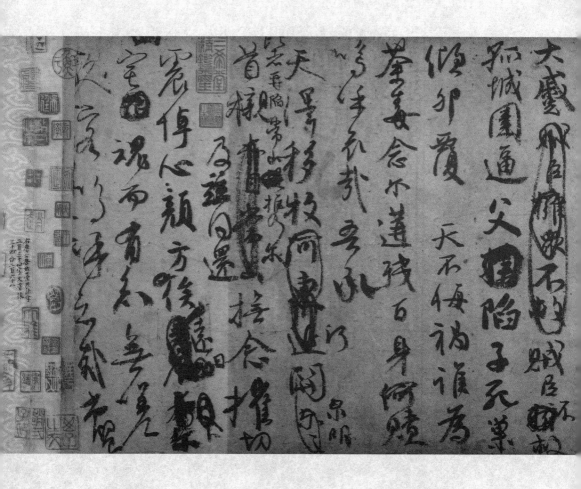

颜真卿 祭侄稿

維乾元元年歲次戊戌九月庚
午朔第十三
叔銀青光祿
夫使持節蒲州諸軍事蒲州
刺史上輕車都尉丹楊縣開國侯
真卿以清酌庶羞祭
于亡姪贈贊善大夫季明之靈
曰惟爾挺生夙標幼德宗廟瑚璉
階庭蘭玉每慰
人心方期戩穀何圖逆賊間釁
置稱兵犯順爾父竭誠常
山作郡余時受命亦在平
原仁兄愛我俾爾傳言爾既

195

不得拼死一搏，玉石俱焚。而且，打量四周，也无法求助于真相、公义、舆论、法庭、友人。最后企盼的，只是一种美学支撑。就像冰海沉船彻底无救，抬头看一眼乌云奔卷的图景；就像乱刀之下断无生路，低头看一眼鲜血喷洒的印纹。

美学支撑，是最后支撑。

那么，颜真卿《祭侄稿》的那番笔墨，对我而言，就是乌云奔卷的图景，就是鲜血喷洒的印纹。

二十一

康德说，美是对功利的删除。但是，删除功利难免痛苦，因此要寻求美的安慰。美的安慰总是收敛在形式中，让人一见就不再挣扎。《祭侄稿》的笔墨把颜真卿的哭声和喊声收敛成了形式，因此也就有能力消除我的哭声和喊声，消解在一千二百五十年之后。删除了，安慰了，收敛了，消解了，也还是美，那就是天下大美。

不知道外国美学家能不能明白，就是那一幅匆忙涂成、纷乱迷离的墨迹，即使不诵文句，也能成为后人的心理兴奋图谱和心理释放图谱，居然千年有效，并且仍可后续。

为此，我曾与一位欧洲艺术家辩论。他说："中国文化什么都好，就是审美太俗，永远是大红大绿，镶金嵌银。"

我说："错了。世界上只有一个民族，几千年仅用黑色，勾划它的最高美学曲线。其他色彩，只是附庸。"

说到这里，我想不必再多谈颜真卿了。他的楷书，雄稳饱满、力扛九鼎，但有了《祭侄稿》，那些就都成了昆玉台阶、青铜基座。

顺便也要对不起柳公权了。本来他遒劲的楷书也可以说一说的，何况我小时候曾花两年时间临过他的《玄秘塔碑》。但是，后人常常出于好心把他与颜真卿拉在一起，提出"颜筋柳骨"的说法，这就把他比尴尬了。同是楷书，颜、柳基本属于相近风格，而柳又过于定型化、范式化，缺少人文温度，与颜摆在一起有点相形见绌。文化对比，素来残酷。

柳公权的行书，即便没有与颜真卿作对比，也不太行。例如他比较有名的行书《兰亭诗》就有字无篇，粗细失度，反觉草率。

说到了颜真卿和柳公权的行书，我不能不多讲一个人，李邕，也就是古代书法家经常提起的"李北海"。按我的排序，唐代行书，颜真卿之下就是他，可踞第二。在年龄上，他可是颜、柳两人的前辈了，出生比颜真卿早三十年，比柳公权早了整整一百年。李邕的行书，刚劲而又和顺，欹侧而又沉稳，在我看来，是把魏晋时代的南北风格揉合了。魏碑的筋骨，遇到了晋代的舒丽，相遇后又在大唐的雄壮气氛中焕发出新姿。这一来，也让唐代的行

運三密於瑜　凡一百六十　以開誘道俗者　當仁傳授宗主
悟禪師為沙弥　十七正度為比　丘錄安國寺具　威儀於西明寺
伽　座　者　主

书走出王羲之而自立了，这很重要。他的行书，不仅影响到他之后的唐代，还深深地影响了宋代，苏东坡、黄庭坚、赵孟頫都曾受其润泽。他的作品，以《麓山寺碑》、《李思训碑》为代表。这两个帖子，我本人也经常玩索，颇感惬意。

二十二

唐代还须认真留意的，是草书。没有草书，会是唐代的重大缺漏。

我说的是唐代的重大缺漏，而不是研究者的重大缺漏。为什么这么说呢？

这就牵涉到书法和时代精神的关系问题了。

伟大的唐代，首先需要的是法度。因此，楷书必然是唐代的第一书体。皇朝的最高统治者与绝大多数楷书大师如欧阳询、虞世南、褚遂良、柳公权等等都建立过密切的关系。这种情形，在其他文学门类中并没有出现过，而在其他民族中更不可想象。上上下下，都希望在社会各个层面建立一个方正、端庄、儒雅的"楷书时代"。这时"楷书"已成了一个象征。

但是，伟大必遭凶险，凶险的程度与伟大成正比。这显然出

李邕 李思训碑局部

李邕 麓山寺碑局部

乎朝野意外，于是有了安史之乱的时代大裂谷，有了颜真卿感动天地的行书。颜真卿用自己的血泪之笔，对那个由李渊、李世民、李治他们一心想打造的"楷书时代"作了必要补充。有了这个补充，唐代更真实、更深刻、更厚重了。

这样，唐代是不是完整了呢？还不。

把方正、悲壮加在一起，还不是人们认知的大唐。至少，缺了奔放，缺了酣畅，缺了飞动，缺了颠狂，缺了醉步如舞，缺了云烟迷茫。这一些，在大唐精神里不仅存在，而且地位重要。于是，必然产生了审美对应体，那就是草书。

想想李白，想想舞剑的公孙大娘，想想敦煌壁画里那满天的衣带，想想灞桥、阳关路边的那么多酒杯，我们就能肯定，唐代也是一个"草书时代"。

二十三

唐代的草书大家，按年次，先是孙过庭，再是张旭，最后是怀素。但我的品评，等级的排列应是张旭、怀素、孙过庭。

孙过庭出生时，欧阳询刚去世五年，虞世南刚去世八年，因此是一个书法时代的交接。孙过庭的主要成就，是那篇三千多字

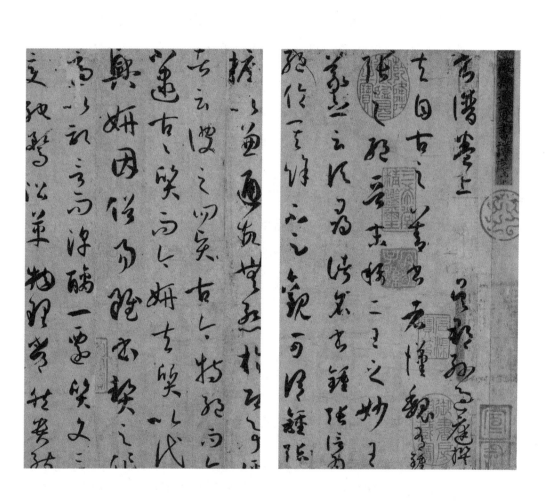

孙过庭　书谱局部

的《书谱》。既是书法论文，又是书法作品。这种"文、书相映"的互动情景，古代习以为常，而今天想来却是奢侈万分了。

《书谱》的书法，是恭敬地承袭了王羲之、王献之的草书规范。但是，一眼看去，没有拼凑痕迹，而是化作了自己的笔墨。细看又发现，这个帖子几乎把王羲之、王献之以及他们之后的全部"草法"，都汇集了，很不容易。

清代书法家包世臣曾在《艺舟双楫》中，把《书谱》全帖三千多字的书写状态，分作四段来评析：第一段七百多字"遵规矩而弊于拘束"；第二段一千多字"渐会佳境"；第三段七百多字"思逸神飞"；最后一段则"心手双畅，然手敏有余心闲不足"。这种逐段评析，对于一个书法长卷来说，很有必要，也很中肯。

孙过庭的墓志是陈子昂写的，而比他小三十岁的张旭，则开始逼近李白的时代了。当然，他比李白大，大了二十六岁。

张旭好像是苏州人，但也有一种说法是湖州人。刚入仕途，在江苏常熟做官，有一位老人来告状，事情很小，张旭就随手写了几句判语交给他，以为了结了。没想到，才过几天，那位老人又来告状，事情还是很小。这下张旭有点生气，说："这么小的事情，怎么屡屡来骚扰公门！"

老人见张旭生气就慌张了，几番支吾终于道出了实情：他告状是假，只想拿到张旭亲笔写的那几句判语，作为书法精品收藏。

原来，那时张旭的书法已经被人看好。老人用这种奇怪的方式来索取，要构思状子，要躬身下跪，要承受责骂，也真是够诚心的了。张旭连忙下座细问，才知老人也出自书法世家，因此有这般眼光。

张旭曾经自述，他的书法根柢还是王羲之、王献之，通过六度传递，到了他手上：

自智永禅师过江，楷法随渡。永禅师乃羲、献之孙，得其家法，以授虞世南，虞传陆柬之，陆传子彦远。彦远，仆之堂舅，以授余。不然，何以知古人之词。

（转引自《临池诀》）

这种传法，听起来蜿蜒曲折，但在古代却是实情。那时虽然已经出现碑石拓印，但传之甚少，真迹更是难见，因此必须通过握笔亲授。而握笔亲授，又难免要依赖亲族血缘关系，"书谱"在一定程度上也呼应着"家谱"。因此，中国古代书法史也就出现了非常特殊的隐秘层次，一天天晨昏交替，一对对白髯童颜，一次次墨池叠手，一卷卷绢缣遗言……不是私塾小学，不是技艺作坊，而是子孙堂舅、家法秘授，维系千年不绝。这种情景，放到世界艺术史上也让人叹为观之。我虽无心写作小说，但知道这里埋藏着一部部壮美史诗，远胜宫廷争斗、市井恩怨。

家族秘传之途，也是振新祖业之途。到张旭，因时代之力和个人才力，又把这份好不容易到手的祖业作了一番醒目的拓展。他也精于楷书，但毕生最耀眼处，是狂草。

二十四

狂草与今草的外在区别，在于字与字之间连不连。与孙过庭的今草相比，张旭把满篇文字连动起来了。这不难做到，难的是，必须为这种满篇连动找到充分的内在理由。

这一点，也是狂草成败的最终关键。从明、清乃至当今，都能看到有些草书字字相连，却找不到相连的内在理由，变成了为连而连，如冬日枯藤，如小禽绊草，反觉碍眼。张旭为字字连动创造了最佳理由，那就是发掘人格深处的生命力量，并释放出来。

这种释放出来的力量，孤独而强大，循范又破范，醉意加诗意，近似尼采描写的酒神精神。凭着这种酒神精神，张旭把毛笔当作了踉跄醉步，摇摇晃晃，手舞足蹈，体态潇洒，精力充沛地让所有的动作一气呵成，然后掷杯而笑，酣然入梦。

张旭不知道，他的这种醉步，也正是大唐文化的脚步。他让那个时代的酒神精神，用笔墨画了出来，于是，立即引起强烈共鸣。

尤其是，很多唐代诗人从张旭的笔墨中找到了自己，因此心旌摇曳，纷纷亲近。在唐代，如果说，楷书更近朝廷，那么，狂草更近诗人。

你看，李白在为张旭写诗了：

> 楚人尽道张某奇，
> 心藏风云世莫知。
> 三吴郡伯皆顾盼，
> 四海雄侠正追随。

李白自己，历来把自己看成是"四海雄侠"中的一员。

杜甫也在诗中说，张旭乃是"草圣"，"挥毫落纸如云烟"。

在张旭去世后才出生的新一代文坛领袖韩愈，也在《送高闲上人序》中，写了长长一段对张旭的评价，结论是：

> 故旭之书，变动犹鬼神，不可端倪，以此终其身而
> 名后世。

由此可见，张旭的那笔狂草，真把唐诗的天地搅动了。然后，请酒神作证，结拜金兰。

二十五

张旭的作品，我首推《古诗四帖》。四首古诗，两首是庾信的，两首是谢灵运的。读了才发现，他的狂草比那四首诗好多了。形式远超内容，此为一例。原因是，笔墨形式找到了自己更高的美学内容，结果那些古诗只成了一种"运笔借口"。

此外，我又非常喜欢那本介乎狂草和今草之间的《肚痛帖》。才六行，三十字，一张便条，"忽肚痛不可堪……"，竟成笔墨经典。明代文学家王世贞评价此帖"出鬼入神"，可见已经很难用形容词了。我建议，天下学草书者都不妨到西安碑林，去欣赏一下此帖的宋代刻本。

我从《肚痛帖》确信，张旭说他的书法传代谱系起于王羲之、王献之，一点不假。《十七帖》和《鸭头丸帖》的神韵，竟在四百年后还生龙活虎。

二十六

唐代草书，当然还要说说怀素。

这位出生于长沙的僧人，是玄奘大师的门生。他以学书勤奋

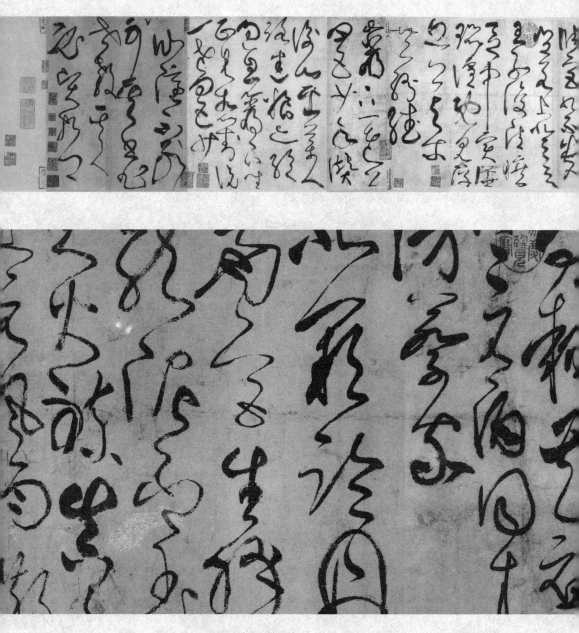

张旭　古诗四帖

208

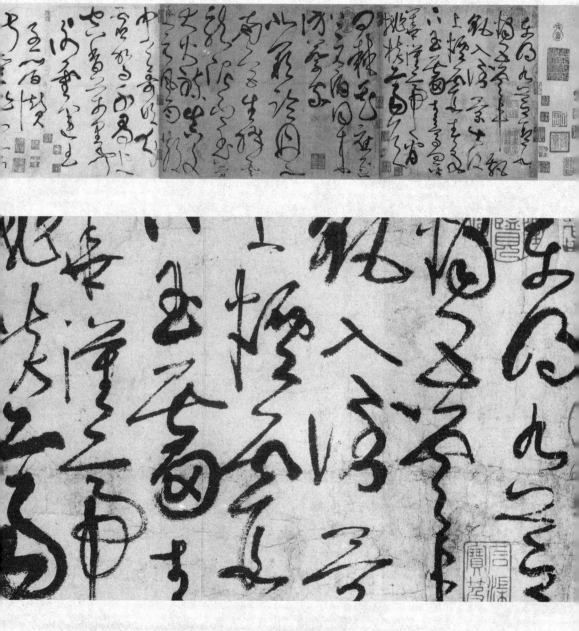

著称历史，我们历来喜欢说的那些故事，例如用秃的毛笔堆起来埋在山下成为"笔冢"，为了在芭蕉叶上练字居然在寺庙四周种了万棵芭蕉，等等，都属于他。

他比张旭晚了半个世纪。在他与张旭之间，伟大的颜真卿起到了递接作用：张旭教过颜真卿，而颜真卿又教过怀素。这一下，我们就知道他的辈分了。

李白写诗赞颂张旭时，那是在赞颂一位长者；但他看到的怀素，却是一位比自己小了二十几岁的少年僧人。因此他又写诗了：

> 少年上人号怀素，
> 草书天下独称步。
> 墨池飞出北溟鱼，
> 笔锋扫却山中兔。
> 起来向壁不停手，
> 一行数字大如斗。
> 恍恍如闻鬼神惊，
> 时时只见龙蛇走。

有了李白这首诗，我想，谁也不必再对怀素的笔墨再作描述了。

我只想说，怀素的酒量，比张旭更大。僧人饮酒，唐代不多拘泥，即便狂饮，怀素也以自己的书法提供了理由。我曾读到一个叫李舟的官员为他辩护，说："昔张旭之作也，时人谓之张颠；今怀素之为也，余实谓之狂僧。以狂继颠，谁曰不可？"

张旭被称为"草圣"，怀素也被称为"草圣"，一草二圣，可以吗？我借李舟的口气反问："谁曰不可？"

对于怀素的作品，我的排序与历代书评家略有差异。一般都说，"素以《圣母帖》为最"；而我则认为：第一为《自叙帖》，第二为《苦笋帖》，第三为《食鱼帖》，第四才是《圣母帖》。

艺术作品评判，很难讲得出确切理由，但一看便有感应。好在都是怀素自己的作品，孰前孰后问题不大。我相信，他的在天之灵会偏向于我的排序。

二十七

就像中国文化中的很多领域一样，唐代一过，气象大减。这在书法领域，尤其明显。

书法家当然还会层出不穷，而且往往是，书运越衰，书家越多。这是因为，文化之衰，首先表现为巨匠寥落，因此也就失去了重

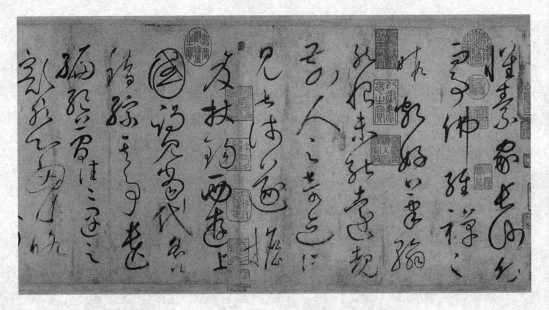

怀素 自叙帖局部

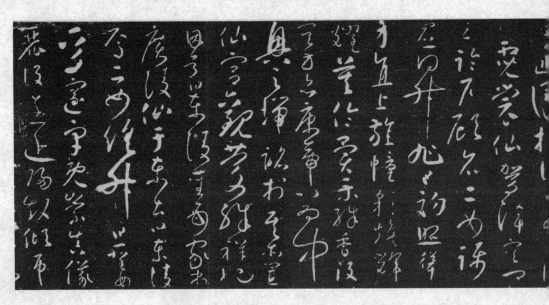

怀素 圣母帖局部

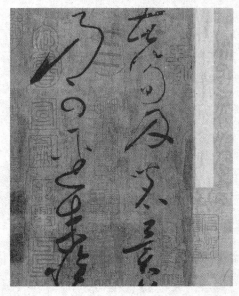

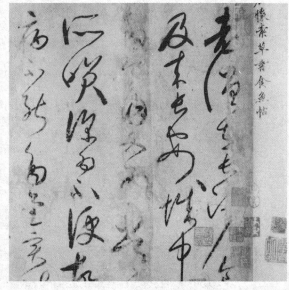

怀素　苦笋帖局部　　　　　　　　　　　　　怀素　食鱼帖局部

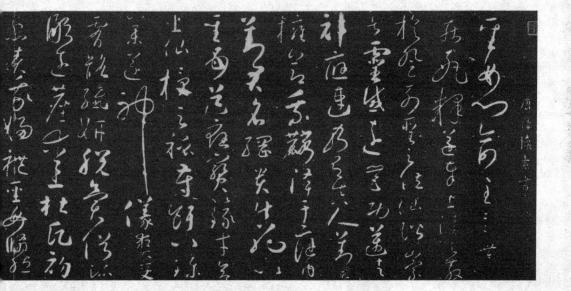

心，失去了向往，失去了等级，失去了裁断，于是"山中无老虎，猴子称大王"。而且，猴子总比老虎活跃得多，热闹得多。也许老虎还在，却在一片猿啼声中躲在山洞里不敢出来，时间一长，自信渐失，虎威全无。

我的文化史观，向来反对"历史平均主义"。在现代，也可以称为"教科书主义"，即为了课程分量的月月均衡，年年均衡，总是章章节节等时等量，匀速推进。这种做法，必然会把巨峰削矮，大川填平，使中国文化成为一片平庸的原野，令人疲惫和困顿。

我之所重，在文脉、文气、文势。这些似乎无可名状的东西，是文化的灵魂。

从这个意义上说，中国书法的灵魂史，在唐代已可终结。以

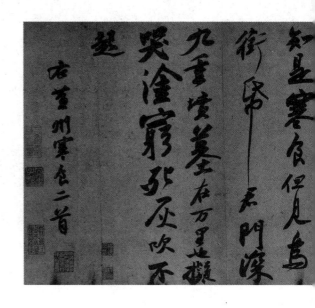

后会有一些余绪，也可能风行一时，但在整体气象上与唐代之前已经不可同日而语了。

因此，请原谅本文由此走向简约。

二十八

宋代书法，习称"苏、黄、米、蔡"四家。

苏东坡，我衷心喜爱的文化天才，居然在书法上也留下了《寒食帖》。在行书领域，这是继《兰亭序》、《祭侄稿》之后的又

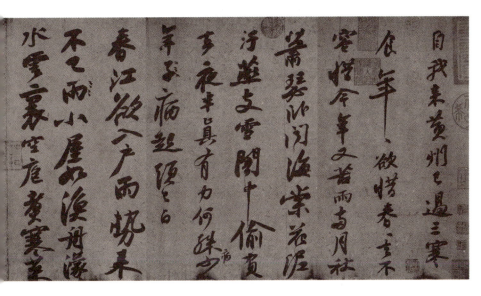

苏轼　寒食帖

一杰作。我知道历来有很多人不同意，认为苏东坡只是以响亮的文学之名"兼占"了书法之名。明代的董其昌甚至嘲笑苏东坡连用墨都浓丽得像是"墨猪"。但是，我还是高度评价《寒食帖》，因为它表现了一种倔强中的丰腴，大气中的天真。笔墨随着心绪而偏正自如，错落有致，看得出，这是在一种十分随意的状态下快速完成的。正因为随意而快速，我们也就真实地看到了一种小手卷中的大笔墨、大人格。因此，说它"天下行书第三"，我也不反对。

然而，我却不认为苏东坡在书法上建立了一种完整的"苏体"。《寒食帖》中的笔触、结构，全是才气流泻所致，如果一个字、一个字地分拆开来，会因气失而形单。所以，苏字离气不立。历来学苏字之人，如不得气，鲜有成就。其实，即使苏东坡自己，他的《治平帖》、《洞庭春色赋中山松醪赋合卷》、《与谢民师论文帖》，也都显得比较一般。

这就是文化大才与专业书家的区别了。专业书家不管何时何地，笔下比较均衡，起落不大；而文化大家则凭才气驰骋，高低险夷，任由天机。

黄庭坚也就是黄山谷，曾被人称"苏门学士"之一，算是苏东坡的学生了。有人把他列为宋代第一书法家，例如康有为就说："宋人书以山谷为最，变化无端，深得《兰亭》三昧。至其神韵绝俗，出于《鹤铭》而加新理。"

这里就可以看出康有为常犯的毛病了。评黄庭坚为宋书之最，不失为一种见解，但说他的字"变化无端"、"神韵绝俗"，显然夸张。

黄庭坚认为《兰亭》有"宽绰有余之风韵"，所以自己的字也从"宽绰"上发展，一般以欹侧取势，长笔四展，撇捺拖出。这种风格，可以赞之为"恣逸舒展"，却未免锋芒坦露，笔划见俗，又雷同过多。因此，康有为说他"变化无端"，我却认为他"变化太少"；康有为说他"神韵绝俗"，我却认为他"拖笔见俗"。他的这种写法本也可以，但与《兰亭》三昧，颇有距离。

他的行书，较有代表性的是《松风阁诗卷》。相比之下，他的草书《李白忆旧游诗卷》和《诸上座帖》更好一些。因为有了较大变化，不再像行书那样拖手拖脚。但是，他的草书与唐代的张旭、怀素还是远不能比。原因是中气不足，通篇笔墨并非自然贯注，而有刻意铺排的表演感。酒神不见了，只见调酒师。

他自称草书得气于怀素的《自叙帖》。有一次他在几个朋友前执笔挥毫，受到称赞，但其中一位朋友客气地批评说："你如果能够真的见到怀素《自叙帖》真迹，一定更有所得。"黄庭坚一听心里不痛快，但后来果然见到了《自叙帖》，"纵观不已，顿觉超异"，才知道当初那位朋友的批评是有道理的。

虽然有了这次心理转折，但我们还是没有在他以后的草书中看到太多怀素的风貌。明代画家沈周把他也奉之为"草圣"，那

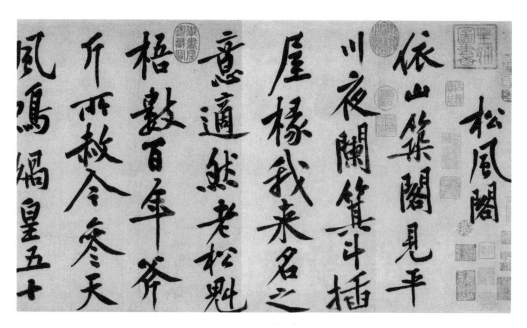

黄庭坚　松风阁诗卷局部

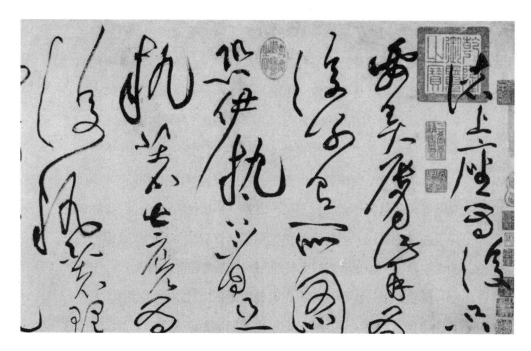

黄庭坚　诸上座帖局部

218

就失去分寸了。哪有那么多"圣"？

二十九

在宋代，真正把书法写好了的是米芾。书界所说的"米南宫"、"米襄阳"、"米元章"、"米颠"、"米痴"，都是他。

少有这样一位书法家，把王羲之、欧阳询、褚遂良、颜真卿、柳公权全都认认真真地学了一遍，而且都学得相当熟练。然后，所有的"古法"全都成了自己的手法，刷、刷、刷地书写出来。那些笔法都很眼熟，但又无法确定是谁的"古法"，它们被交相取用，又被交相破格，成就了一个全能而又峭拔的他。

我本人在学书法过程中，曾从米芾那里获得过不少跳荡的愉悦感、多变的丰裕感、灵动的造型感。但在趋近多年后才发现，他所展现的，更多的是书法之"术"，而不是书法之"道"，因此反而又倒逆到他的源头上去了。

不错，在正峰、侧峰、藏峰、露峰的自然流转上，在正反偏侧、长短粗细的迅捷调度上，米芾简直无与伦比。但是时间一久，我们就像面对一个出神入化的工艺奇才，而不是面对一种出自肺腑的生命文化。

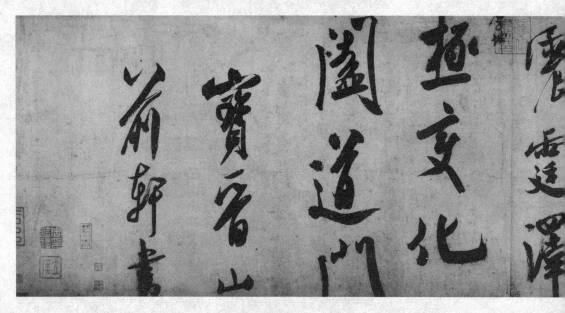

米芾 研山铭局部

米芾 苕溪诗卷局部

米芾 蜀素帖局部

研山銘

五色水浮

崐崘渾

亦頂出黑

雲挂龍怵

煉電厦下

221

米芾对自己摹习长久的唐代书法前辈有相当严厉的批评，例如说欧阳询"寒俭无精神"，说虞世南"神宇虽清，而体气疲苶"，等等，这当然是后代的权利。他认为唐代的毛病是过于遵"法"，因此他要用晋代之"韵"来攻，这倒很有见地。遗憾的是，他在晋"韵"、唐"法"之后，又提出了自己的所谓宋"意"，却有点不知所云了。他的"意"包括意趣、色调、气骨、精神等等，范围很大，内容很泛，交叠很多，如果把这一切都一起打包，命名为宋"意"，与晋"韵"、唐"法"相提并论，在理论上实在有点混乱，而且对晋、唐也失之片面。

实践家一玩理论，常常会陷入这种云遮雾罩的谷地。如果理论家再跟着闹，那就更混乱了。

米芾的书法，多为行草。我最喜欢的，一是《蜀素帖》，二是《苕溪诗卷》。此外，《多景楼帖》、《研山铭》也不错。

三十

宋四家最后一位是蔡襄。但也有人说，他应该排在第一位。苏东坡本人也这么说过，有自谦之嫌，姑且不论；而明代学者盛时泰的看法更有一种鸟瞰式的比较：

宋世称能书者，四家独盛。然四家之中，苏蕴籍，

黄流丽，米峭拔，皆令人敛衽，而蔡公又独以深厚居其上。

《苍润轩碑跋》

可以承认蔡襄是"深厚"的，晋、唐皆通，行、草并善，而且也体现了自己的特色。但是，文化大河需要的，是流动，是波浪，是潮声，是曲折，是晨曦晚霞中的飞雁和归舟，是风雨交加时的呐喊和搏斗，而不是仅仅在何处，有一个河床最深的静潭。

蔡襄什么都好，就是没有自己的生命强光。看他的书法，可以点头，却不会惊叹。这种现象，在古今中外文化史上所在多有。因此，我还是把他放在宋书第四位。

蔡襄的字帖中，他自己得意的《山居帖》我评价不高。倒是《别已经年帖》和《离都帖》，都还不错。

三十一

元代不到百年，汉人地位低下，本以为不会有什么汉文化了，没想到例外叠出。不仅出了关汉卿、王实甫、纪君祥，一补中国

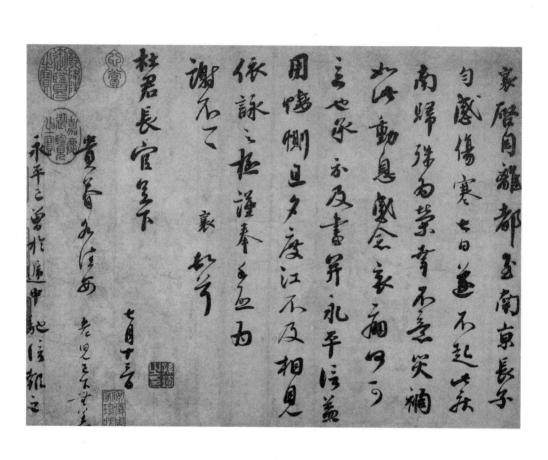

蔡襄　离都帖

文化缺少戏剧的两千年大憾,而且还出了黄公望,以一支闲散画笔超越宋代皇家画院的全部画家。书法的运气没这么好,却也有一个赵孟頫,略可安慰。

在我看来,赵孟頫的书法,超过了黄庭坚和蔡襄。他的笔下,那么平静、和顺、温润、闲雅,实在难能可贵。他的众多书帖,也很适合做习字范本。行草最佳者,为《嵇叔夜与山巨源绝交书》、《纨扇赋》、《赤壁赋》。晚年那本《玄都坛歌》向被评为代表作,反不如前面三本,原因是太过精细,韵力已失,出现较多软笔鼠尾。行楷佳者甚多,如《胆巴碑》、《福神观记》、《玄妙观重修三门记》、《妙严寺记》。其中有几本,介于行楷和楷书之间。楷书佳者,有《汲黯传》、《千字文》。

赵孟頫的问题,是日子过得太好了,缺少生命力度。或者说,因社会地位而剥夺了生命力度。他是宋朝宗室,太祖子秦王的后裔。谁知宋元更替后受到新朝统治者的更大重视,成了元代文化界领袖。这种经历,使他只能尊古立范,难于自主创新。他总是高高在上,汲取不了民间大地粗粝进取的力量。

顺便提一句,他的儿子赵雍所写《致彦清都司相公尺牍》及《怀净土诗帖》等,水准不低于他。

壬戌之秋七月既望蘇子與客泛
舟遊於赤壁之下清風徐來水
波不興舉酒屬客誦明月之詩
歌窈窕之章少焉月出於東山
之上徘徊於斗牛之間白露橫江
水光接天縱一葦之所如凌萬
頃之茫然浩浩乎如馮虛御風而

不知其所止飄飄乎如遺世獨立
羽化而登仙於是飲酒樂甚扣
舷而歌之歌曰桂棹兮蘭槳擊
空明兮泝流光渺渺兮余懷望
美人兮天一方客有吹洞簫者

赵孟頫　赤壁赋局部

三十二

明代书法，与文脉俱衰。但因距今较近，遗迹易存，故事颇多，反而产生更高知名度。大凡当时的官员、仕人、酒徒、狂者、画师，再不济也有一手笔墨，在今天常被称为"一代书家"。尤其近年在文物拍卖热潮中，这种颠倒历史轻重的现象越来越多。那些原来只敢用于对晋唐经典的至高评语，也被大量滥用于后世平庸墨迹，识者不可不察，否则就不能被称为"知书达理"了。

大概从十五世纪末期开始吧，苏州地区开始产生一些文化动静。几个被称为"吴中才子"的人如祝允明、唐寅、文徵明等擅长书法，被比他们稍晚的同籍学人王世贞称之为"天下书法归吾吴"。当时其他地区的文墨可能都比较寥落，但他的口气却让人很不舒服。因为这几个人的笔墨程度，实在扛不起"天下书法"这几个大字。说了这几个大字，人们就有权利搬出王羲之、颜真卿、欧阳询他们来了，这几个才子该往哪里躲？

这几个才子中，多年前我曾关注过文徵明。他在八十多岁的高龄还能写出清俊遒媚的行书，让人佩服一位苏州老人的惊人健康。那时，与他同龄的唐寅已经去世三十多年了。文徵明的缺点与其他几位才子相近，那就是虽娴熟而少气格。他们如果书写自己的诗文，让人一读就觉得流畅有余而文采疲弱，那就反过来会把书写的笔墨再看低几度。当然，文徵明的行书比之于唐寅还是

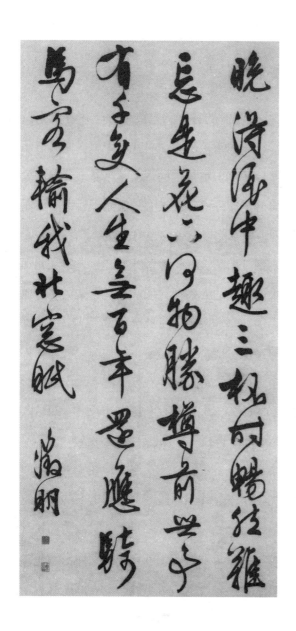

晚游沙际中，趣三折可畅往罹
忘是花以日物胜樽前兴不
可辜负人生无百年思
应骑
马空稿我独寝眠
徵明

文徵明　行书五律诗轴

228

高出不少。论草书，几个吴中才子中最好的是祝允明，代表作有《前后赤壁赋》、《滕王阁序并诗卷》。当然，比黄庭坚的草书还差很多，更不必说与张旭、怀素他们比了。

三十三

明代书法，真正写好了的是两人，一是上海人董其昌，二是河南人王铎。而王铎，已经活到了清朝。

董其昌明确表示看不起前辈书家文徵明、祝允明。论者据此讥其"自负"，我却觉得他很有道理，也有资格。他又认为，自己比赵孟頫更熟悉古人书法，但赵孟頫反而求熟练，而自己反而求生疏，结果，"赵书因熟得俗态，吾书因生得秀色"。这种说法有点傲慢，却契合文化哲学。他的字，萧散古淡、空灵秀美，等级不低，只是有时写得过于随意，失了水准。这一点他自己也承认，说自己平日写字不太认真，如果认真了，会比赵孟頫好。

我对他的《尺牍》、《李白月下独酌诗卷》都有较高评价，前者汇融古人，后者得见自己。但是，《试墨帖》又把后者的特点往前推了，飞动有余而墨色单薄，太"上海"了。

与董其昌构成南北对照，王铎创造了一种虎奔熊跃的奇崛风

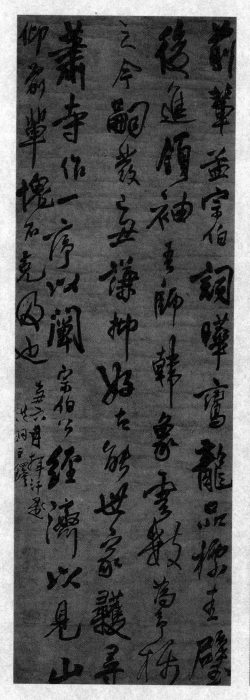

王铎 行书立轴局部

董其昌　杜甫醉歌行诗局部

王铎　草书临帖扇面

格，让萎靡的明代精神一振。

我曾多次自问，如果生在明代，会结交董其昌还是王铎？答案历来固定：王铎。王铎的笔墨让我重温阔别已久的男子汉精神，即用一种铁铸漆浇的笔划，来宣示人格未溃、浩气犹存。更喜欢《忆游中条语轴》、《临豹奴帖轴》、《杜甫诗卷》的险峻盘纡结构，以一种连绵不绝的精力曲线，把整个古典品貌都超越了，实在是痛快淋漓。

我认为，这是全部中国书法史的最后一道铁门。

三十四

在这一道铁门外面，是一个不大的院落了。那里，还有几位清代书家带着纸墨在栖息。让我眼睛稍稍一亮的，是邓石如的篆隶、伊秉绶的隶书、何绍基的行草、吴昌硕的篆书。

除此之外，清代书法，多走偏路。或承台阁之俗，或取市井之怪，即便有技、有奇、有味，也局囿一隅，难成大器。

历史已入黄昏，文脉已在打盹，笔墨焉能重振？只能这样了。

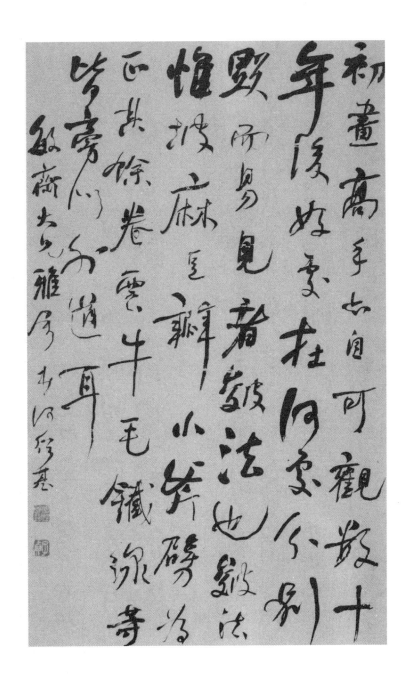

初畫高手必自可觀數十
年後好畫在何處分別惟
黑所易見着墨法也墨法
惟坡麻遠辦小矣硚硡
正其餘卷雲牛毛鐵涿奇
吟旁向所道耳
毅商大兄雅屬 何紹基

何绍基 行书轴

吴昌硕　临石鼓文

新出图证（鄂）字 03 号

图书在版编目（CIP）数据

极端之美 / 余秋雨著. — 武汉：长江文艺出版社，2014.5（2024.10重印）

ISBN 978-7-5354-5877-3

Ⅰ.①极… Ⅱ.①余… Ⅲ.①散文集 – 中国 – 当代 Ⅳ.①I267

中国版本图书馆CIP数据核字（2014）第 058120号

责任编辑：张莹莹 史义伟 责任校对：许 罡

封面设计：俗气照相馆 责任印制：张 涛

出版：长江出版传媒｜长江文艺出版社

地址：武汉市雄楚大街 268 号 邮编：430070

发行：长江文艺出版社

北京时代华语国际传媒股份有限公司 （电话：010-83670231）

http：//www.cjlap.com

印刷：三河市宏图印务有限公司

开本：690 毫米 × 980 毫米 1/16 印张：14.75

版次：2014 年 5 月第 1 版 2024年 10 月第 9 次印刷

字数：141千字

定价：59.00 元